GANARSE LA MUERTE

(novela)

GRISELDA GAMBARO

GANARSE LA MUERTE
(novela)

EDICIONES DE LA FLOR

Tapa: G. GROSZ

© 1976
EDICIONES DE LA FLOR S.R.L.
Uruguay 252 - 1º B - Buenos Aires
Hecho el depósito que previene la ley 11.723
Impreso en Argentina - Printed in Argentina

Talleres Gráficos GARAMOND S. C. A.,
José A. Cabrera 3856, Cap. Fed.,
terminó de imprimir este libro
en el mes de Julio de 1976.

Infancia. Antes, el nacimiento, la palmada en las ancas para que comience la vida redentora. La madre, con las piernas abiertas, como en una copulación invertida donde nada entra. El padre, sufriendo afuera, la expectativa, el nuevo ser, ¡qué maravilla! Y la pregunta: ¿será torturado o torturador? Nacen juntos, gritan al mismo tiempo. Después, el grito sólo será de uno, ¡qué maravilla! Hijito mío, hijito mío, un día nacerá el negro o rubio que te golpeará los testículos. ¡Ay, si uno pudiera saber! Prevenirse de antemano. La elección es obvia, pero, ¡tan difícil! Una eternidad de sujeción para que mueras dócilmente, hijito mío. ¡Ay, si uno pudiera saber! No dejar el cumplimiento de los gestos, matar al enemigo. Sofocar ya, desde la cuna, el primer vagido, los ojos ciegos, el cuerpo inerme. La única inocencia.

¿Cuál de los dos? Nacen juntos, gritan al mismo tiempo. ¡Ay, si uno pudiera saber! Pero nada se sabe en esa gran incógnita, ¡qué maravilla!, el misterio de la vida. Ya empieza ahí: en la elección, ganarse duramente la muerte, no dejar que nadie la coloque sobre nuestra cabeza como una vergüenza irreversible.

Matar la paciencia.

EL PATRONATO

El edificio ocupaba media manzana, las ventanas del piso bajo tenían rejas, una puerta era de roble, pintada de verde claro, la otra era de hierro, levemente electrizada. Un guardia se aburría allí, de pie, odiando a todo el mundo por el dolor de sus callos.

Cledy llegó de la mano de una vecina. Tenían aspecto inofensivo, así que el guardia no se movió. No se concedió, siquiera, la distracción de desentumecer el dedo sobre el gatillo. No valía la pena, consideró con una inteligencia muy especulativa, ningún ascenso y sí aumento de trabajo. En una de ésas, tendría que levantarlos. Si algo odiaba era eso, pero su mala estrella se repetía: muerto que mataba, muerto que levantaba. Había censura y ni siquiera aparecería en televisión, así que desechó rápidamente la responsabilidad del estruendo y la mugre de la muerte, desprovista de sus gratificaciones: el poder y la gloria, y se limitó a cambiar el peso del cuerpo de un pie a otro. Para no tentarse, apartó el dedo del gatillo y lo agitó en el aire.

La vecina empujó la puerta de roble, que se retobó un poco, pesada como era no le gustaba moverse, y entró con Cledy, apretándole la mano para que no se asustara.

La Sra. Davies las recibió en el hall. Cledy levantó los ojos hacia la Sra. Davies, que era robusta y muy alta. La vecina le apartó los cabellos de la frente, buscó un lugar libre, no transpirado por el miedo, la besó como una madre y se marchó.

La Sra. Davies vestía como la hermana Kenny, un vestido hasta los tobillos, cofia de enfermera y una capa negra como si fuera Drácula. Pero la sonrisa era bondadosa, llegaba a través de dos labios muy rojos, rojo natural, de buena sangre, y una doble hilera de dientes mellados por el uso.

—Cledy, querida— le dijo, mirándola compasiva, y el tono de su voz trasuntaba tanta ternura que Cledy sintió los ojos inundados de lágrimas. Pero el llanto no desbordó, se quedó en los ojos como agua estancada.

La Sra. Davies sujetó la mano de Cledy y la guió hasta el comedor. —¿Desayunaste?— Sobre la mesa, había un juego de porcelana alemana, una jarra llena de chocolate, medialunas y scons. La Sra. Davies sirvió generosamente una taza. Se sentó enfrente de Cledy, apoyando un codo sobre la mesa, y con infinita paciencia, esperó que deglutiera los manjares.

A Cledy no le entraba nada. ¡Qué tremendo! La Sra. Davies le arrimó la taza, solícita, y Cledy meneó la cabeza. —¡Pobre niña! ¡Pobre niña!— repetía la Sra. Davies y, esta vez, la compasión ajena desbordó su llanto. Una compuerta interna se abrió, puesta en el corazón, en el cerebro, y las lágrimas manaron incontables.

—No llorés, no llorés —dijo la Sra. Davies, alcanzándole un pañuelo que recuperó en seguida porque estaba bordado. Lo observó un momento, lamentando su impulso, y se zampó el chocolate. —Lo tomo yo —aclaró, borrándose con la lengua un húmedo doble labio sobre la oscuridad del bozo— para que no se fastidien.

No era una excusa, se fastidiaban espantosamente si los internados a su cargo no comían. Debía rendir cuentas de las lenguas pastosas, las faltas de apetito, las colitis. Cargaban en el platillo de su balanza (o merecimientos) toda anemia, toda muerte de inanición —¿Qué es lo que te apena?

¿Pero cómo explicárselo? Las lágrimas hablaban con suficiente eficacia, pero la Sra. Davies, aunque entendía su lenguaje, comía y padecía un cortocircuito en su receptividad emotiva. Cledy se secó las lágrimas con el dorso de la mano y renunció a explicar los motivos profundos de su congoja. Había dos tumbas frescas en la tierra, sin ningún arbolito. Necesitaba tiempo.

La Sra. Davies era voraz, la jarra quedó vacía, los platos, se mojó un dedo con saliva y recogió las miguitas que luego se llevó a la boca con un gesto delicado.

—Comiste. Muy bien —aprobó con una amplia sonrisa. El buche le pesaba, repleto, pero valía la pena el sacrificio. Tocó los senos de Cledy, apenas formados. Demoró la mano y la besó en la mejilla, muy cerca de la boca.

Amontonó las tazas y platos sobre la mesa y la tomó de la mano, entrelazando sus dedos con los de Cledy en una gran confusión.

Los dos señores fumaban cerca del escritorio. Se incorporaron cuando la Sra. Davies entró con Cledy y aplastaron los cigarrillos. El mayor era joven, aunque fuera el mayor. Guiñó un ojo amistosamente en dirección a Cledy, luego inclinó la cabeza y se lo sacó. Extendió la palma de la mano, riendo como un niño:

—¡Qué broma, eh? —dijo.— Es de vidrio.

—Señor Thompson, compostura —dijo la Sra. Davies, muy seria.

—Es para que entre en confianza —explicó el Sr. Thompson, y volvió a colocarse el ojo, que era de un celeste un poco más subido que el otro.— Tengo de todos los colores— y extrajo del bolsillo del saco una caja alargada, negra, como las de los compases, donde había encastrados, sobre depresiones circulares, un montón de ojos, todos de distinto color, pero no por pares. El Sr. Thompson no carecía de perspicacia: no era ciego, sólo tuerto.

—Cuando quiero divertirme, me pongo un ojo negro —y rió alegremente, y hasta Cledy sonrió.— ¡Ay, qué sonrisa! —dijo el Sr. Thompson, extático, agarrándose el estómago, y se volvió hacia el otro caballero que había permanecido en silencio.

—Bastante buena —dijo el otro, parcamente.

—Sra. Davies —dijo el Sr. Thompson— ¿le ha dado el chocolate?

—Sí, señor. Pero remilgó un poco.

—La desgracia ha sido muy tremenda —comentó el Sr. Thompson.— ¿Muy apenada?

—Sí —dijo la Sra. Davies— demasiado chica para ser grande, demasiado grande para ser chica. No comprende la dureza del destino, la fatalidad.

—¿No se habrá encariñado con la niña, supongo? —dijo el Sr. Thompson, con algo parecido al espanto.

—No, no, señor. —El Patronato se oponía a las relaciones personales, el mejor servicio, la mejor atención para los desvalidos, pero nada de contactos de piel o de alma. Ahí, el vacío absoluto. Si no, ¿cómo podrían luego deshacerse los nudos del amor? Distancia. Es lo que decía la Sra. Davies con aire levemente abochornado, aunque no se sintiera culpable de nada. Sus manos ardían completamente en el fuego, pero el estoicismo era su norma.

—¡La desgracia ha sido tan tremenda! No es fácil mantenerse indiferente.

—¿Y qué desgracia? —dijo el Sr. Thompson, contradiciéndose sin turbación.— Pasan miles por día. No podemos sufrir todo en carne propia. Nos moriríamos de angustia.

—Concedido —dijo la Sra. Davies.— Ninguna afección personal, es mi norma—, y apartó los últimos restos carbonizados de carne de sus manos, que quedaron muy bonitas, con las falanges marcadas en la desnudez del hueso, voluminosas, porque tenía un principio de artritis.

¿Qué desgracia? Los padres de Cledy cruzaban una calle, los dos en yunta, como caballos atados al mismo carro. La madre decía en ese momento: —¡Peste! ¡Estoy cansada de lavar platos! —y el padre le respondía con una grosería, cuando pasó un auto que no vieron ni los vio. Quedaron sobre la calle, en mucho mejor acuerdo que cuando vivían. La mujer mostraba impúdica la pollera levantada y los muslos machucados, y el padre no decía nada. Permaneció en silencio, sin ver, casi conforme, hasta que vino alguien, un agente de policía, y estiró las faldas de la señora hasta más abajo de las rodillas. Conformes los dos, en buen acuerdo. ¡Lástima haber esperado tanto para ponerse de acuerdo! Un acuerdo que no se mueve es siempre un poco estéril.

El Sr. Thompson le preguntó la edad a Cledy y Cledy respondió: —Quince años.

—Es linda —dijo el Sr. Thompson, mirándola intensamente, y Cledy se ruborizó —¿No lo sabías?

—¿Yo?

—Sí —dijo el Sr. Thompson.— Muy linda. Dame un besito.

El pedido desconcertó a Cledy. Se volvió hacia la Sra. Davies en busca de consejo.

—¿Quién es? —preguntó.

—El director del Patronato —contestó la Sra. Davies, e intentando tranquilizarla, agregó:— Como si fuera tu papá.

—¡Papá! —gritó Cledy con el alma lacerada, y largó el llanto. El Sr. Thompson se fastidió y reprochó a la Sra. Davies que resucitara esos recuerdos en el espíritu de Cledy.

—¡Inoportuna! —dijo con un aire que asustaba.

La Sra. Davies rectificó al instante: —Como si fuera tu sobrino—. Pero Cledy no tenía hermanos y eso no la consoló. Por suerte, carecía de capacidad para los cálculos, multiplicar copulaciones ya imposibles de sus padres, sumar embarazos, nacimientos. Su ignorancia salvó a la Sra. Davies de un conflicto mayor.

—Dame un besito —insistió el Sr. Thompson, acercándose.

—Salúdalo, Cledy —dijo la Sra. Davies, temblando aún por el traspié cometido, y entonces, Cledy alzó la cara y besó al Sr. Thompson en la mejilla. La mejilla del Sr. Thompson pinchaba y olía fuertemente a colonia.

El gesto molestó al Sr. Thompson que se apartó mortificado, mordiéndose los labios.

—¡Así no! —Redondeó la boca como culo de gallina e hizo ruido de besos. También podía entenderse como la succión de un pantano. Enlazó a Cledy por la cintura y la besó desaforadamente. Cledy sentía que le arrancaban los labios. Una mano se le metía entre las piernas. Intentó dar puntapiés. Pero el Sr. Thompson era muy hábil, parecía un bailarín, saltando elegantemente y sin dejar de hurgar con la mano, llevó a Cledy de recorrida por el cuarto. Los dedos del Sr. Thompson eran torpes, pero muy ávidos.

El señor silencioso y la Sra. Davies miraron comprensivos al principio, con sonrisas cargadas de ternura, pero luego carraspearon, incómodos. La Sra. Davies estiró el brazo finalmente y trató de apartar al Sr. Thompson.

—Domínese —dijo.

Pero el Sr. Thompson abrazaba a Cledy como una hiedra a un árbol. Resoplaba. La Sra. Davies elevó el brazo verticalmente hacia el techo y luego lo bajó con toda su fuerza, como un garrote entre los dos. En su camino, el brazo encontró la nariz de Cledy, de la que empezó a manar sangre, y arrancó todos los botones del saco del Sr. Thompson, pero el abrazo tenaz se deshizo.

—Así está bien —dijo la Sra. Davies, satisfecha.

Cledy no sabía qué pensar. El señor silencioso le alcanzó su pañuelo y Cledy se enjugó la sangre. Tiró la cabeza hacia atrás, con los ojos muy abiertos para vigilar al Sr. Thompson, y la hemorragia se detuvo en seguida. No obedeció las sugerencias del señor silencioso que insistía para que chupara el pañuelo y devolviera así la sangre derramada a su organismo, y se palpó los labios. No los vio, por suerte: habían pasado del rojo a un morado ciruela, pero advirtió que los bordes habían desaparecido, tumefactos.

—Tengo la boca machucada. ¡Mamá!

La Sra. Davies la contempló con benevolencia: —Está en el cielo, amor.

Cledy gritó entonces: —¡Papá!

—En el mismo lugar, nena.

El señor silencioso se encontraba extremadamente apesadumbrado por la escena que le tocaba presenciar, y se sentía herido también, aunque no quería reconocerlo, por el rechazo de su sugerencia sobre el equilibrio natural. Su criterio era: la sangre a la sangre, al César lo que es del César. Esta juventud, pensó, cree saberlo todo.

Propuso un poco de música para cambiar el ambiente, bastante tenso, bastante violento. Pero aunque había un estuche de violín sobre la mesa y consecuentemente, el violín adentro, tanto el Sr. Thompson como la Sra. Davies juzgaron que el momento distaba de ser oportuno. Nada de lo que propongo cuaja, pensó el señor silencioso, que ya había sufrido bastante por ese motivo en su infancia a raíz de un defecto en la lengua.

—¿Qué haremos con ella? —preguntó el Sr. Thompson.

El señor silencioso golpeó con un lápiz sobre la mesa, rítmicamente. Le había fallado su propuesta sobre la música, pero no obstante sus fracasos, era persistente. Toc, toc, toc, hacía, y los otros se estaban poniendo nerviosos.

—¡Termínela! —dijo el Sr. Thompson groseramente.

—¿Qué sabés hacer, nena? —le preguntó a Cledy, acercándose libidinoso. Pero la Sra.

Davies, que tenía un generoso corazón de mujer, interpuso sus oficios esta vez: antes de que el Sr. Thompson tocara a Cledy, la levantó en brazos y la sentó en sus rodillas. Depositó una mano sobre los senos de Cledy, colinas sin musgo, eran tan pequeños que por suerte una mano le alcanzaba para los dos. La acunaba como una madre, con un movimiento de vaivén, arriba abajo, de arriba abajo, la balanceaba, corazón mío, corazón mío, y le besaba el cuello.

—¿Qué sabés hacer, nena? —preguntó el Sr. Thompson, con aire reconcentrado, sombrío.

—Nada —dijo Cledy, tratando de apartar el cuello de la boca de la Sra. Davies. El rechazo produjo en la Sra. Davies un desgarramiento interior, mordió con fuerza, pero el cuello se separaba, movido por razones incomprensibles, y obviamente, sus labios no eran de elástico. Se oyó un ¡clac! muy nítido y la Sra. Davies se encontró con la boca vacía. Sobre la piel delicada apareció un moretón del tamaño de un plato de té, los bordes dentados, desparejos, en un todo de acuerdo a la abertura de los maxilares de la Sra. Davies.

—¡Salga! —dijo el Sr. Thompson, furioso al observar la sangre amoratada bajo la piel transparente. Pobre criatura, labios despellejados y ahora esto. Alzó a Cledy en brazos y la sentó sobre sus propias rodillas. No la besó, mantuvo su aire tan serio y grave, la importancia y preocupaciones de su cargo le habían hecho salir canas verdes, lo habían marcado con arrugas, no sólo en la cara sino en todo el cuerpo, tenía el pecho arrugado, los testículos, la sangre y el esqueleto arrugados. Metió la mano entre las piernas de Cledy que escapó con un salto imprevisto y se refugió de pie detrás de la mesa.

—¡Qué arisca! —comentó el Sr. Thompson tristemente.

El señor silencioso abrió el estuche y sacó un violín. —¿Por qué no trabajamos un poco?

Y en esta oportunidad, su propuesta no cayó en saco roto, aunque no fue bien recibida.

—¿Y qué estamos haciendo? —dijo el Sr. Thompson, y la Sra. Davies fue de su misma opinión. La incógnita sobre el porvenir de Cledy atenaceaba a todos. No tenía dónde caerse muerta. Los padres, con su brusca partida, habían sido bastante desconsiderados en este aspecto. No muere quien quiere sino quien puede. Y cuando no se toman los recaudos suficientes, el porvenir asegurado, mejor es dejar para un momento más propicio nuestros proyectos.

Esto pensaba el Sr. Thompson, sobre cuyas espaldas caían, en forma de bebés, niños o adolescentes, los frutos de la irresponsabilidad de la gente. Arriesgó, para saber si Cledy poseía algún conocimiento de idiomas: —Good morning. ¿Good morning? —pero el rostro de Cledy no se iluminó. Como si le hubiera hablado a una piedra, juzgó el Sr. Thompson, despechado. Luego la piedra se rajó y mostró una expresión desvalida.

—¿Qué dice? —preguntó Cledy a la Sra. Davies, que se encogió de hombros desdeñosamente porque tampoco había entendido nada, y lo que no entendía, opinaba que no valía la pena. Eran sus principios.

—¿Empezamos con los tests? —dijo el señor silencioso, que estaba dejando de serlo.

El Sr. Thompson bufó, pero asintió con la cabeza. La Sra. Davies apoyó ambos codos sobre la mesa y depositó el rostro en el hueco de las manos, con el gesto de depositar una fuente sobre una mesa tendida. Sus ojos se llenaron de telarañas, muy receptivos. El señor silencioso apoyó el violín sobre un hombro y aconsejó a Cledy poner los oídos como repollos.

—Atenta —dijo.— Escucha.

Tocó una mazurca, alto y delgado como Paganini, moviendo mucho la cabeza, el tórax. El codo del brazo que empuñaba el arco desapareció en el aire, por la velocidad del movimiento, en un momento se volatizó entero. Luego reapareció, desplomado sobre una silla, temblando de fatiga. Miraron a Cledy en suspenso. Cledy los miró a su vez, y esto duró un rato. Finalmente, el Sr. Thompson preguntó: —¿Qué tal?—, y Cledy contestó: —Es lindo.

El señor silencioso dominó sus tembleques y le tendió el violín: —Prueba.

Cledy no lo tomó: —No sé, señor.

La señora Davies recogió el violín: —No te amilanés, querida —dijo, hundiéndoselo en la clavícula.— Los señores son tus amigos.

El Sr. Thompson terció entonces, con una sonrisa compasiva: —No es muy fácil. ¡Pobre criatura!

Pero, imprevistamente, el comentario enfureció al señor silencioso. Lo miró con ojos relampagueantes de odio: —¡No es fácil, pero yo aprendí!— Y recordó sus deditos agarrotados sobre el arco, cómo le pegaban cuando se rascaba los sabañones, le salía todo muy pizzicato. Y ahora, esta juventud creía que soplar era hacer botellas, no lo intentaba siquiera. El recuerdo hacia el niño que fue, los otros jugaban a la pelota, y él, prendido al violín, como a un aparato de tortura, lo conmovió. Su error había empezado a los dos años. —¡Qué lindo!— había dicho escuchando una sirena y fue su perdición. Consideraron que tenía buen oído para la música. Así, con leve esperanza, se dirigió a Cledy, más amable: —¿Buen oído para la música?

—Sí, señor —dijo Cledy por decir algo, con la misma inconsciencia que había perdido al señor silencioso cuando tenía dos años.

—¡La mitad de la batalla está ganada, entonces! —se alegró el otro, olvidado por completo de la otra mitad.— ¡Prueba!

Cledy sujetó el arco y, con firme maniobra, lo depositó sobre las cuerdas. Salieron chirridos inenarrables. La consternación fue general. El Sr. Thompson se tapó los oídos con las manos.

—¡La mato! —dijo el señor silencioso, fuera de sí.

La Sra. Davies, que también había sufrido

cruelmente, pero que no se dejaba arrebatar por sus propios sufrimientos, se interpuso:
—Sr. Thompson, imponga orden.

Pero el Sr. Thompson no escuchaba, con los oídos tapados. Miraba a Cledy con tal intensidad que su cara parecía un telescopio. Le hubiera convenido más un aparato de rayos X, la veía aumentada pero no conseguía superar el engorro de las ropas y lo consumía la ansiedad.

El señor silencioso arrancó el violín de manos de Cledy: —¡Bestia!— le dijo.

El Sr. Thompson se destapó los oídos y se señaló la mejilla. —Vení, querida. Dame un besito.

Pero la Sra. Davies que, como muchos subordinados inteligentes, era la que mandaba más, se opuso. —Señor director— no ya Sr. Thompson sino señor director— sigamos con el test.

Con un gesto muy elegante, se desprendió la capa, que revoloteó un momento como un paracaídas abierto, y cayó luego a sus pies. Dio un saltito, sacudiéndose, con una expresión de coquetería reprimida. El señor silencioso volvió a empuñar el violín y tocó, moviéndose menos esta vez porque no era en su propio lucimiento.

—¡Esperen! ¡Esperen! —gritó el Sr. Thompson, como si perdiera el tren, y tratando de seguir la música, recitó: "Es la casa un palomar y...", etc. Pero no conseguía marchar de acuerdo con la música que caminaba muy ligero. La Sra. Davies bailó y para no disgustar a nadie, un poco seguía el vals que tocaba el señor silencioso y otro poco la poesía que brotaba de labios del Sr. Thompson.

Cuando terminaron, se produjo un momento de silencio. De expectativa, mejor. La Sra. Davies preguntó desde el suelo, se había enredado en la larga pollera, y aprovechó el accidente para representar una muerte de cisne: —¿Te gustó?

—Sí —aprobó Cledy con una sonrisa.

—Es tu turno. No tengás vergüenza. Bailá.

—¿Yo?

Con un moño bajo el cogote, la Sra. Davies se anudó otra vez la capa, como un pajarraco que recupera sus alas, e incitó a Cledy a bailar. Nunca podían saberse las condiciones de las pupilas si no se probaba todo. La música, la danza, primero el arte, ya habría tiempo para buscarles una ocupación menor, sirvientas, obreras o putas.

La última palabra no le gustó nada al Sr. Thompson.

—¿Dónde cree estar? —dijo a la Sra. Davies, tirándole un bofetón, pero ella se movió ágilmente, y el bofetón tropezó con el violín del señor silencioso, que se estrelló contra el suelo, y luego contra la nariz de Cledy, que volvió a sangrar. En esta ocasión ninguno se asustó, ni se asombraron siquiera, ya estaban acostumbrados a la sangre. Como el violín estaba hecho añicos, tuvieron que renunciar a la música, pero el Sr. Thompson carraspeó y recitó bellamente:

>—Ven a mis brazos, hijo querido
> el sol está alto
> y canta el molino.

Apretándose los agujeros de la nariz con una mano, Cledy bailó.

—¡Uuuuuy! ¡Uuuuy! —gritaron todos, y el Sr. Thompson fue más explícito: —¡Espantoso! —dijo, y Cledy se detuvo en seco, tan anonadada que se olvidó de sujetarse la nariz y la sangre corrió libre y contenta por el escote y apareció luego por las piernas, como si la hubieran desvirgado. Esto hizo encender otra vez la luz libidinosa en los ojos del Sr. Thompson, incluso en el de vidrio, que era un cómplice muy dócil. El señor silencioso escupía con desprecio.

—Un poco de compasión, señores —dijo la Sra. Davies, preocupada.

—¡Sí, sí! —dijo el señor silencioso.— Compasión nos sobra. ¡Pero es completamente torpe! ¿Qué haremos con ella?

Y le arrojó un epíteto que Cledy recogió en toda su implacable desnudez: —Infradotada.

El Sr. Thompson seguía el curso de sus propios pensamientos: —Dame un besito, querida.

La Sra. Davies lo apartó: —Señor director, le ruego...

El Sr. Thompson le lanzó una mirada hosca, se sentó enfurruñado, volviéndole la espalda.

—¡Hagan lo que quieran! —protestó. —¡Mandan ustedes! ¡Yo no me meto más! ¡Todos opinan!

La situación era tan comprometida para Cledy que la Sra. Davies no vaciló en mentir.

—La vecina me dijo que estudiaba corte y confección. ¿Probamos?

El Sr. Thompson no se dignó volverse, por el movimiento del codo, la Sra. Davies constató que su mano se movía alrededor de la ingle, pero el señor silencioso, ya muy excedido, asintió: —Que sea la última prueba. No aguanto más. —Miró a Cledy con un odio que lo desbordaba. —¡Incapaz!

Esto fue demasiado para Cledy, comenzó a llorar. Sólo tenía quince años, ¿qué pretendían de ella? Dos tumbas frescas en la tierra, sin ningún arbolito, con una lápida rasposa, ¿qué pretendían? La Sra. Davies comprendió los sentimientos de Cledy, se acercó y la consoló con todos los artilugios de mujer que poseía, el corazón de una mujer es un pozo de ternura, ¿cuándo lo comprenderían los hombres?

El Sr. Thompson volvió a medias su silla y la miró oblicuamente. Con un extremo de su capa, la Sra. Davies secaba la sangre del escote de Cledy, quería bajarle las bombachas empapadas. Entonces, el Sr. Thompson se levantó y pegó un golpe feroz sobre la mesa. Tenía una fuerza tremenda, porque la mesa se rajó en dos, aunque se sostuvo aún sobre sus patas.

—¡No la toque tanto! —gritó.— ¿Para qué?

La Sra. Davies, que tenía un carácter fuerte, las jerarquías no la asustaban, replicó:

—¡La consuelo! Está muy apenada. Mortificación tras mortificación. ¿Qué creen? Usted no ha sufrido nunca, parece. Cuando el alma está en jirones, el cuerpo no se muestra hábil. Es elemental. Déjemela a mí.

—¡Haga lo que quiera! —contestó el Sr. Thompson, en una forma tan descomedida que la autorización oficiaba de insulto.— ¡Para lo que sirvo! —Y pensó que no servía para nada, había realizado una carrera esplendente en el Patronato, cuando entraba, todos se sacaban el sombrero, genuflexiones de aquí y de allá, pero el derecho de pernada, no, no lo había conseguido. Las frustraciones íntimas son las que duelen más.

La Sra. Davies se marchó, dejando la puerta abierta sobre el pasillo desierto. Regresó al instante trayendo un maniquí en brazos, un corte de género floreado y unas grandes tijeras. Como muchos seres bondadosos, era la primera en creer en sus mentiras cuando de ellas dependía la salvación de sus semejantes. Proporcionó sus medidas:

—Cadera 98, busto 114, cintura 50.

El Sr. Thompson prorrumpió en una risotada: —¡Qué va a tener 50 de cintura!

La Sra. Davies se desprendió la capa: —¡Me desnudo!— dijo, ofreciendo una prueba tangible, pero el Sr. Thompson la despreció.

—¡Cruz diablo! —dijo.

Allí se produjo un cambio de palabras, muy áspero. —¡Insolente!— dijo la Sra. Davies y el Sr. Thompson retrucó: —¡Está despedida!

Pero si creía asustarla, se equivocó. La Sra. Davies se encogió despectivamente de hombros, lanzó una risita desdeñosa y se acercó a Cledy, mirándola en los ojos: —¿Me hacés un vestido, ricura?

Ah, qué alivio fue para Cledy ese tono cariñoso, esa confianza. Asintió con todo su corazón: —Sí, sí, señora. Lo haré.

Extendió el género sobre la mesa rajada, la Sra. Davies le arrimaba el cuerpo para que le tomara las medidas, alzó la mano de Cledy sobre sus caderas, incitándola a tocar, el director podía desconfiar estúpidamente de sus medidas, pero que Cledy imitara tal actitud no la mortificaba en absoluto. El temperamento es un asunto extraño: con unos gustan las constataciones, con otros, no. La sola posibilidad de la manecita pura palpando sus atentas y compactas redondeces le provocaba un estremecimiento de ansiedad. Sus mejillas se arrebolaron. Pero la manecita permaneció indiferente, peor aún, sospechó que se crispaba cuando la llevó cautamente del contorno hacia las hendiduras. La Sra. Davies se retiró entonces, un poco ofendida, y dejó a Cledy librada a su suerte.

El Sr. Thompson y el señor silencioso observaban adustos y Cledy empuñó las tijeras, miró a todos y, como quien se zambulle sin saber nadar, cortó el género. De nada le sirvió su rapto de valor: el filo de la tijera estaba empañado y no veía las rectas, zigzagueaba sobre el género, mordiéndolo desigualmente.

El Sr. Thompson graznó entonces, muy

divertido: —¿Qué está haciendo?— y el señor silencioso rió abiertamente: —¡Qué mamarracho!

La Sra. Davies terció para que no la intimidaran, pero no acabó de concluir su frase, miró a su vez con asombro creciente. —¡Imbécil! ¡Inútil! —gritó, indignada.

Fue un gran jolgorio. Los dos hombres se retorcieron sobre sus asientos, muy felices. El Sr. Thompson se levantó, se apartó unos pasos, calculó la distancia y se arrojó sobre Cledy que cayó de bruces con medio cuerpo sobre la mesa.

—Dame un besito —pidió, aunque con la pose era un poco difícil.

Pero la Sra. Davies no estaba para bromas, la llevaban los diablos.

—¡Termínela! —dijo, tajante. Lo empujó con ferocidad, haciéndolo rebotar contra una de las paredes. El Sr. Thompson volvió a decir que la despedía y ella emitió un ruido obsceno con la boca.

El señor silencioso interrumpió su risa, era el que conservaba más la compostura, y retomó el tema principal: —Para algo tiene que servir —dijo, con dudas.

Faltaban plazas en el Patronato. Cledy no podía sumarse como una huérfana más a los huérfanos. Ya eran muchos. Llegaban a carradas, aunque trampeaban un poco. De noche, solían juntar a unos cuantos, los más incapaces o los más chicos, los completamente inútiles para bastarse a sí mismos, los recién nacidos o los chicos de dos años, y los tiraban en los zaguanes o en las plazas. Pero los recorridos eran largos, no era el caso de que a la mañana siguiente los trajeran de nuevo. Trabajo fatigoso, de cualquier manera.

Para no mortificar a Cledy, callaron las dificultades del Patronato, pero el problema subsistía. Donde come uno, no comen dos.

—No podemos tenerte mucho tiempo —dijo el señor silencioso, a quien ya es hora de cambiarle el nombre.— ¿Dónde la ubicaremos, señora Davies? ¡Qué problema de mierda!

Cledy pensó en su infancia, en las sábanas blancas de su cama, el beso de su madre, su padre que le frotaba la nariz con un dedo, esta misma nariz que parecía un tomate demasiado maduro, casi podrido, y lloró, muy sumida en su pena.

Los otros la contemplaron un largo rato, en silencio, el Sr. Thompson insatisfecho, mirando a Cledy y sufriendo sus propias frustraciones, como se hace siempre al fin de cuentas cuando contemplamos el dolor ajeno, el señor silencioso, inmóvil como una estatua, sin ningún cambio de nombre, y la Sra. Davies tan acongojada que el pecho amenazaba estallarle. El pesar crecía como una bola. Finalmente, la Sra. Davies, corazón fuerte, rompió el silencio.

—¿Por qué no aprovechamos lo que ya tiene? —dijo.

El Sr. Thompson, que se había conservado muy ingenuo, a pesar de su edad y de su cargo, preguntó: —¿Y qué tiene, dígame?

La Sra. Davies bajó los ojos púdicamente. No podía decirlo en alta voz. Era una mujer, todavía sus labios no se habían manchado con nada. Estaba muy consciente de esto: nada limpia una mancha del cuerpo. Qué poder y qué peligro, ¿qué eran los frutos de la lengua? Ahí sí se mezclaba el cuerpo y el alma, separados siempre como el agua y el aceite. La consistencia significativa de la voz, la revelación del sonido. Todo el ser desnudándose en una palabra, ultraje al pudor, eso era hablar de ciertas cosas que debían mantener su secreto y su soledad de cuerpo. Imploró auxilio con la mirada a la comprensión del Sr. Thompson, pero éste podía ser más duro de mollera que un burro. A regañadientes, se acercó a su oído y murmuró una palabra.

El Sr. Thompson no se iluminó. —¿Y?— dijo.

La Sra. Davies se vio forzada a hacer tripas corazón, continuó agregando explicaciones a la simple nominación explícita del objeto que consideraba innombrable. Los distintos usos no podían ser muy variados, pero sí las circunstancias del uso, y en lo que respectaba a Cledy, la Sra. Davies quería que esas circunstancias fueran óptimas.

El Sr. Thompson entendió por fin y suspiró, aliviado. Sonrió, incluso. —¿Cree? —preguntó con respeto, y en su fuero interno desechó la idea de despedir a la Sra. Davies que, en otros aspectos, lo tenía podrido.

El señor silencioso no había entendido nada, pero no se fastidió. Ya había cumplido con su deber, y encima, le habían roto el violín.

La Sra. Davies tranquilizó al Sr. Thompson: —No falla nunca.

Tomó a Cledy de la mano para llevarla al dormitorio de las chicas. Era temprano y no pretendía que durmiera, sólo que se quedara allí, descansando o charlando. Las chicas recibían con los brazos abiertos a las nuevas internadas, las atendían como princesas. La Sra. Davies miró a Cledy y decidió aplicarle unos cubitos de hielo sobre los labios. Quizás le ofrecería su compañía, pobre niña. Cumplida sus tareas, la llevaría a pasear. Mirarla tan sólo daba gusto a los ojos y, tal vez, podría darle gusto a otras cosas.

El Sr. Thompson, a pesar de su ánimo ecuánime, se amoscó un poco: —¡Que se despida! Enséñele educación.

—Saludá a los señores —dijo la Sra. Davies.— Se han desvelado. Agradece.

Y Cledy dijo —Buenos días, señores. Gracias.

El Sr. Thompson no se conformó: —Vení. Dame un besito.

Y se abalanzó hacia Cledy como un poseso. La Sra. Davies, atenta, lo sacó a empellones, sin ninguna consideración por su investidura, y el Sr. Thompson volvió a despedirla. Inútilmente.

LOS NIÑOS. PRIMERO

El dormitorio común tenía 1500 plazas, había lugar de sobra, pero la Sra. Davies consideró que tanta promiscuidad no era adecuada para Cledy. De cualquier forma, quiso que conociera el dormitorio común para que apreciara sus ventajas, las de un trato preferencial, no obstante los crudos epítetos que le habían lanzado en un momento de ofuscación. La preferían a los otros, pero no para sembrar injusticia.

Los desdichados sólo existen para aumentar la poca felicidad del mundo, los pobres, la riqueza, esto pensaba la Sra. Davies en términos generales. No hay felicidad sin comparación, ¿qué referencia podía tenerse de la ubicación de uno en el universo si no se podía mirar para arriba o para abajo?

Hubiera querido mostrar a Cledy una prueba más contundente de sus ventajas, pero no se le ocurría nada. Tenía el dormitorio a mano y allí la llevó, para colmo, no completamente convencida. Podría suceder que Cledy escogiera la compañía de los niños, sus juegos revoltosos, el bullicio. Después de todo, ventajas o no ventajas, sus quince años no estaban tan alejados de la infancia. ¿Qué sabía ella de los fastidios de la promiscuidad, que la observaran cuando se desvistiera, que le usaran las ropas, que se acostaran con ella? El dormitorio de las niñas hubiera sido preferible, pero estaba cerrado.

—Vení, querida —dijo, cariñosa, pero un poco harta porque Cledy la desalentaba con su falta de alegría.

El dormitorio común tenía dos puertas, claramente diferenciadas, la de entrada era notable, una hoja esmaltada en rosa, la otra en celeste, una mano infantil había escrito "bienvenidos"; la de salida, con un candado mohoso, nunca había conocido la pintura, reseca y estriada por la mugre, lo que no importaba demasiado porque se perdía a la distancia, como el horizonte en un día nublado. Aunque era media mañana, el sol ardía, los pájaros retozaban en el parque del Patronato, todas las camas se hallaban ocupadas aún. Ninguno se había levantado, tendido el lecho, tomado el desayuno. Esto dolía a la Sra. Davies, no se le escapaba que alguien, apresuradamente, lo entendiera como un relajamiento de hábitos saludables, de una disciplina elemental. Ella entregaba todos sus afanes al Patronato, pero no era la directora, debían morirse dos aún para que pudiera abrigar alguna esperanza de modificar las cosas. Pero el Sr. Thompson y el señor silencioso tenían vida para rato, así que desechó tan tristes pensamientos y alzó la cabeza valerosamente, con una sonrisa alentadora para su propia pesadumbre.

Entre una cama y otra no había espacio,

pero el pasillo central era bastante amplio, luminoso. En un primer momento, Cledy pensó que las camas estaban vacías. La Sra. Davies sonrió con ternura: —Buen día, dormilones— dijo alegremente, y esto la sacó de su error. Se detuvo y observó atentamente. Pequeños bultos ocupaban las camas, a veces una mano se veía sobre las transparentes frazadas grises. Ojos sí, había, muy grandes, tan profundos que se pegaban a las nucas.

—Dormilones —repitió la Sra. Davies con tono de jarana, experimentando otra vez una sombra de desaliento porque la respuesta no había sido muy expansiva. No había luz eléctrica en el dormitorio común, así que a las siete de la tarde dormían todos los niños, imposible que a media mañana siguieran durmiendo, ¿es que no la querían?

—Dormilones —repitió con un hilo de voz, completamente mortificada.

Uno nuevo, no tan macilento, se incorporó sobre un codo y las miró. Había traído un juguete de su casa o de algún lugar de vagancia. Un piolín roñoso anudado al dedo como un anillo, lo hacía girar como si jugara con el engarce de una piedra. La Sra. Davies se lo sacó, con un guiño de complicidad, y se lo regaló a Cledy. Cledy lo apretó en la mano un momento y luego lo dejó caer al suelo. Era una porquería.

La Sra. Davies la llevaba de paseo por el largo corredor, mostrándole detalles, señalándole a los más dóciles, a los más traviesos.

Los incorregibles por traumas y no por maldad. Sin cansarse, le contaba historias de los niños, las conocía una por una, la incógnita de los padres, el nacimiento no deseado, el hilo de los días estirado hacia el desamor y la miseria. —¡Ay, la infancia desdichada!— decía con su corazón de madre rebosante de pena.

Había uno con la cabeza cubierta por la frazada. La Sra. Davies comentó con vaga preocupación que se iba a asfixiar. Subió sobre la cama y lo destapó dulcemente, doblando la frazada con un pliegue perfecto.

—¿Cuántos años creés que tiene? —dijo la Sra. Davies y Cledy, que no distinguía muy bien las edades de los chicos, dijo, por decir algo:

—Dos años.

La Sra. Davies rió muy feliz, como de una broma: —¡No, siete!

Con un dedo tocó la mejilla del chico, le movió la cabeza hacia un costado. La cabeza no eligió otro lugar por su cuenta, permaneció inmóvil en el lugar elegido por la mano ajena, los ojos miraban fijamente la frazada gris, duros y secos, y entonces, la Sra. Davies se deslizó hacia el suelo, sacó una libreta de un bolsillo de su larga falda negra y anotó el número de la cama.

—Hay que anotar todo —explicó a Cledy con una sensación de vergüenza.— No puedo confiar en mi memoria.

Tenía tantos pensamientos en la cabeza,

tantas preocupaciones que el uso de la libreta no constituía una extravagancia.

—Nos olvidamos, quedan acá.

A veces los dejaban en una plaza, con la esperanza de un recolector anónimo, de una nueva familia, pero ya fríos y endurecidos de varias horas. ¡Qué errores! Pero con tanto trabajo, imposible ser conscientes y cuidadosos hasta lo último. Si no se saben las razones de los hechos o las costumbres, las razones profundas y no las necias que están en la superficie y escamotean la verdad, uno no puede juzgar ecuánimemente a sus semejantes. Los hechos son simples, pero las razones son complicadas. Lo que podía aparecer como un simple descuido, negligencia, malevolencia o crueldad, costaba sudores y sangre en la elaboración íntima de un proceso. Cledy no entendía por el momento, pero la Sra. Davies sembraba la semilla de una comprensión futura. Besó a Cledy, como si tuviera que hacerse perdonar algo, pero en el fondo, ¡tan inocente!

Melancólicamente, miró a los niños, batió palmas, pero ninguna respuesta, salvo en el chico del piolín, que guiñaba los ojos y se frotaba la piel desnuda del dedo. Agradecida, la Sra. Davies se inclinó hacia él, con un gesto dificultoso por el poco espacio, y le besó la palma. El chico cerró la mano en seguida, con prontitud avara, y sonrió, como si lo hubieran resarcido del despojo. El cráneo pelado se bamboleó repetidamente, conmovido.

La Sra. Davies se sintió en paz. —¡Dormilones! —canturreó, amenazando juguetonamente a los chicos con el índice extendido y determinó que la visita había durado bastante. Se colocó la mano sobre los ojos, a modo de visera, pero le resultó imposible descubrir la puerta de salida. Aunque habían caminado un largo trecho, el fin del dormitorio seguía sin verse, completamente tapado por camas y camas. Nunca había hecho el recorrido completo. La Sra. Davies temió perderse y se decidió por lo seguro. Rehicieron el camino. Ya en la puerta, la Sra. Davies, siempre tan amable, le sugirió a Cledy: —¿Por qué no les decís a los chicos que vas a venir a jugar? —Se quedarían contentos.

Cledy hubiera querido acceder, pero la vista del chico, cuya edad había equivocado, había despertado en ella lóbregos recuerdos, las dos tumbas frescas y etc., así que la Sra. Davies esperó un rato, vanamente, y la empujó hacia la salida. Al volverse para un último saludo, la Sra. Davies había sacado un pañuelo y lo agitaba en despedida, contemplaron un espectáculo insólito. Un cambio notable se había producido dentro de la quietud y compostura general. Algunas frazadas habían sido apartadas de los cogotes flacos. Dificultosamente, pequeños seres se arrastraban por el suelo, algunos alargaban los bracitos fuera de la cama, un murmullo ininteligible brotaba de las gargantas. Muy débil, eso sí, ningún escándalo.

Uno de los chicos más fuertes se había apropiado del piolín, en el suelo. Reposaba del esfuerzo contra la pata de una cama, los ojos llenos de alegría. Un largo ronquido le alzaba el pecho trabajosamente. Le marcaba la hilera de las costillas y el poderoso esternón.

La Sra. Davies miró a Cledy con suave indulgencia. Le palmeó la mejilla.

—Descuidada —dijo afectuosamente.— Mis regalos.

Se inclinó y le sacó el piolín al chico, que cerró los ojos y se quedó muy quieto.

ESTRENO

La Sra. Davies descuidó sus obligaciones ese día, permaneció al lado de Cledy, con aire solícito, pero vagamente ansioso. Encontraron al Sr. Thompson cuando se dirigían al dormitorio especial destinado a Cledy. Llevaban el mismo camino.

La Sra. Davies abrió la puerta del dormitorio y el Sr. Thompson la apartó violentamente.

—¡Salga! —dijo con odio. Sus frustraciones se satisfacían a veces, pero seguían siendo frustraciones.

—¿Qué se propone? —dijo la Sra. Davies y el Sr. Thompson contestó con un gesto distraído.

—No sé —dijo. Le ordenó que preparara una palangana con agua y jabón desinfectante y la dejara en la puerta, pero la Sra. Davies puso el grito en el cielo. Apretó el rostro de Cledy contra su pecho y pidió al Sr. Thompson que no enturbiara su inocencia.

—¿Qué inocencia? —dijo el Sr. Thompson y se abalanzó hacia Cledy, tomándola por la cintura, pero la Sra. Davies, con un movimiento hábil, le pegó en las manos y protegió a Cledy con su cuerpo.

—¡Entonces, déjeme en paz! —gritó el Sr. Thompson y se metió en el cuarto, desabrochándose los pantalones. El señor silencioso lo acompañaba y entró con él, sin abandonar su mutismo, su gesto de aburrimiento. Parecía más bien apático.

La Sra. Davies se volvió en redondo ante la puerta cerrada, que comenzaba a filtrar un palpitante alboroto de ahogos y gemidos, y llevó a Cledy al comedor. Cledy la miró interrogativamente, pero la Sra. Davies no formuló el menor comentario, no se permitió la mínima alusión. Sólo dijo: —Costumbres—, cerró la boca en una mueca rígida y despreciativa y dio por terminado el incidente.

El comedor era inmenso, como el dormitorio común, pero a diferencia de éste, estaba desierto. La inapetencia de los internados se estaba convirtiendo en un drama, comentó la Sra. Davies. Luego de la comida que, según su costumbre, aprovechó vorazmente, la Sra. Davies confesó que tenía sueño y que quería dormir la siesta. Su dormitorio era sobrio y casi monástico.

—Descansá un poco —aconsejó a Cledy, ofreciéndole un lugar en la cama.

Cledy rechazó el ofrecimiento, tenía quince años, no le gustaba dormir la siesta, cubrir el sol, el movimiento, las mil minucias maravillosas de estar despierta. Decepciones sin fin, pensó la Sra. Davies y cerró los ojos. Cledy permaneció a su lado, aburriéndose un poco, pero sin confesarlo. Chupó el hielo que le había entregado la Sra. Davies y trató de no pensar en sus padres. Miraba el sol por la ventana, la Sra. Davies le sujetaba fuertemente la mano, se la ponía entre los senos y suspiraba. No terminaba más. No se dormía, no estaba despierta, ¿qué hacía?

El sol caminaba por el piso, se retiraba silenciosamente, pasitos para atrás, y concluyó por desaparecer del todo. Entonces, la Sra. Davies que se había quedado dormida después de un suspiro tan intenso que le provocó un principio de asfixia, despertó rejuvenecida. Bostezó ampliamente y Cledy se frotó la mano, bastante entumecida, y enderezó la espalda, petrificada de estar inclinada tanto tiempo.

La Sra. Davies se alisó la falda, que se le había levantado durante el sueño, la tomó de la mano y la llevó a dar un paseo. Le contó su vida, una vida penosa, siempre en el Patronato, sin infancia, como si hubiera nacido de grande, naturalmente sin adolescencia porque no había años de infancia que la condujeran a esa edad feliz, sin otro aliciente que la posibilidad de encontrar alguna vez un alma gemela. Y mientras decía esto besaba a Cledy en la boca. Besaba como un hombre, con la boca abierta, y a Cledy no le gustaba. Por suerte, la Sra. Davies vio pasar al Sr. Thompson, con aire mustio, pero aliviado, y terminó con los besos.

El césped era blando y mullido, y la Sra. Davies se sacó las botas y saltó de árbol en árbol, como una gacela. Era una mujer grande, como la hermana Kenny cuando curaba la parálisis infantil y Rosalind Russell la hizo en cine, y caía un poco torpemente, pero por lo demás su alegría conmovió a Cledy. Mientras saltaba de árbol en árbol no la tocaba. Jugaron a la mancha, a la escondida. En este juego, cuando la Sra. Davies descubría a Cledy escondida detrás de un árbol, se le pegaba desde atrás, pero mientras la mano no hurgara en sus bombachas, Cledy lo soportaba e, incluso, se sentía capaz de disfrutar del juego.

Al final, rendidas, se sentaron sobre un

banco. Había un ciruelo en flor, las hormigas bajaban por el tronco, con pétalos blancos sobre el lomo negro, y la Sra. Davies las aplastaba con el dedo, musitando palabrotas, pero eran muchas hormigas y se cansó. Cledy vigiló la mano sobre el banco, pero la mano se quedó quieta, en paz.

La Sra. Davies miraba los árboles, el crepúsculo siempre la ponía un poco melancólica. Una hora indecisa que parecía suspender en el aire todas las impotencias. Otra vida, deseó la Sra. Davies, y con nostalgia, volvió los ojos hacia Cledy. Cledy no la miraba.

Las ramas finas y marrones del ciruelo se balanceaban suavemente bajo la brisa de la tarde. El blanco de las flores era transparente, sólo palpable a los ojos, como si los pétalos no se pudieran tocar, impalpables al tacto, tan hermosos. Cledy miraba las flores y sentía aquietarse su corazón.

Cenaron juntas otra vez. La Sra. Davies no probaba el vino, pero tendió una copa hacia Cledy. —Y después, ¡a la cama! —dijo, con una sonrisa temblorosa. Le entregó un camisón blanco y largo hasta los pies, virginal. Rió comprensiva cuando Cledy quiso ir a cambiarse al baño y detuvo el aliento cuando Cledy volvió, los cabellos largos atados en la nuca. La cara de la Sra. Davies se ajó de pronto.

—¿Se siente mal? —preguntó Cledy, preocupada.

La Sra. Davies negó con un gesto de la

cabeza, las palabras se le habían encarnado en las uñas de los pies, la posibilidad de una felicidad perfecta es lo más parecido a la tortura. No está hecha para nosotros, pensó la Sra. Davies, agitando los dedos dentro de sus botas negras.

Entraron en el cuarto donde esa mañana habían desaparecido el Sr. Thompson y su compañero silencioso. Había dos camas. Una de ellas, ocupada, imposible saber si por hombre o mujer porque las frazadas cubrían un cuerpo hasta la cabeza. Cledy se sobresaltó un momento porque la Sra. Davies llevó la mano al bolsillo y Cledy pensó en el niño del dormitorio y en su pequeño cuerpo endurecido. Pero el bulto se movió y casi al unísono, la Sra. Davies sacó un pañuelo y se sonó la nariz. Las palabras se destaparon y llegaron corriendo desde las uñas. Decidida a superar su mala suerte, la Sra. Davies barbotó unas palabrotas para descargarse, esa presencia ahí, ¡qué bosta!, y luego dijo, con más mesura:

—No hagás ruido. —Y sin quererlo, dilucidó la incógnita sobre el sexo del bulto en la otra cama.— Tu compañera duerme.

La Sra. Davies se inclinó sobre la cama libre y apartó las frazadas. Cledy se acostó y la Sra. Davies la arropó cariñosamente. Le acarició los cabellos.

Cledy tenía sueño después de un día tan largo, tan cansada que el recuerdo de sus padres se tornaba confuso, blando. Dolía, pero como sin pena. Cerró los ojos y los abrió en seguida porque había sentido el peso de la Sra. Davies al sentarse sobre la cama.

Sin embargo, la Sra. Davies dijo:

—Buenos noches —y le preguntó si quería la luz encendida.— Yo sé que tenés miedo.

Pero Cledy, cuyos ojos se cerraban nuevamente, no tenía miedo.

—No, no, señora. No tengo miedo.

Y le sonrió con afecto, pero con ganas de que la dejara tranquila.

La Sra. Davies encendió y apagó la luz repetidas veces, emitió extraños ruidos, rechinamientos de puertas, carraspeos, y Cledy se incorporó, despierta súbitamente, y la miró, asombrada.

—¿Viste cómo tembló la luz? —dijo la Sra. Davies.— No quiero asustarte con fantasmas, pero de noche... el director... el subdirector... mala cría...

Y a Cledy le sorprendió que la Sra. Davies hablara así, ella, ordinariamente tan respetuosa, pero no sentía miedo.

La Sra. Davies se metió en la cama, solícita, muy maternal:

—¿Me acuesto? ¡No es molestia!

Pero la cama era muy angosta, Cledy la sentía encima suyo. ¡Y esas manos de la Sra. Davies que nunca estaban quietas! Salvo cuando la naturaleza la golpeaba en lo hondo y podían echarse sobre un banco. Cledy saltó por el lado opuesto:

—No, señora. Gracias.

La Sra. Davies, sentada en la cama, con

la cofia torcida, movía los brazos como si remara en su dirección, tranquilizándola sobre la oscuridad y sus peligros.

Cledy se pegó contra la pared y dijo nuevamente que no tenía miedo. La Sra. Davies perdió su amabilidad.

—Debieras tenerlo —dijo secamente.— ¿Te gustó el besito de ése?

Cledy supo que se refería al Sr. Thompson: —No, señora— respondió.

—¿Y entonces? —dijo la Sra. Davies.

Del bulto partió un ruido ahogado, como de risa, y rechinaron los elásticos.

La Sra. Davies cerró el puño y lo agitó hacia la cama vecina, pero se sintió enfriada. Apartó las frazadas y se levantó.

—Como quieras —dijo con tono claramente resentido, y dejó caer las faldas sobre sus piernas vigorosas.— No te quejés después.

Si algo odiaba eran los arrepentimientos, no servían para nada, sobre todo cuando los hechos acontecían irreversibles e inmunes a la experiencia. La vigilia constante para que los hechos tremendos no sucedan, eso se requería, y no la inoperancia de la comodidad. Cuando uno hurtaba la respuesta en contra por timidez o negligencia, anulaba el arrepentimiento futuro, lo hacía completamente estéril, un lujo de la conciencia.

La Sra. Davies se dirigió con decisión hacia la puerta y abandonó la habitación con un portazo. El gesto fue tan violento que el Sr. Thompson, que revisaba las cuentas del

Patronato en su escritorio, experimentó un sobresalto, levantó la cabeza instantáneamente, con brusquedad y tan mala suerte que el ojo de vidrio se le cayó al suelo. En la búsqueda, lo pisó sin darse cuenta, no veía bien, y resbaló sobre el ojo como sobre un tobogán. Para detener la caída, el Sr. Thompson se aferró tontamente a su lámpara de mesa, el cable estaba pelado y por poco no pereció electrocutado ahí mismo. Se la salvó raspando, semi ahogado y semi violáceo. Es así, cadena infinita de males por un gesto mínimo. De haberlo sabido, la Sra. Davies hubiera tenido un poco de alegría o consuelo en su desolación, tan cerca había estado de subir un escalón en la escalera que la llevaría a su meta soñada en el Patronato. O quizás no, se hubiera sentido en peor estado de ánimo. Porque si el portazo hubiera sido más fuerte, el sobresalto del Sr. Thompson más intenso, y todo se hubiera acrecentado en proporción, de tal manera que el Sr. Thompson hubiera acabado fulminado y la Sra. Davies hubiera experimentado una felicidad real dentro de sus pesares.

Pero lo cierto fue que la Sra. Davies se marchó con un portazo, de violencia no premeditada (y por eso no efectiva) y Cledy, ignorante de las pasiones que despertaba, pudo suspirar con un gesto que tenía mucho de alivio y poco de remordimiento. De la otra cama, partió una risa cómplice, de mofa, y Cledy observó que la estaban espiando, pero no consiguió descubrir el rostro ajeno. El bulto se incorporó y se sentó en la cama, apoyado contra el respaldo. La cabeza siguió cubierta con las frazadas. La voz era de mujer, pero imposible discernir matices. Llegaba ronca, un poco pastosa, pero quizás por el espesor de la frazada, que no era una tela de cebolla, como las de los niños en el dormitorio común. Las preguntas llegaron una tras otra, divertidas a lo más, curiosas, con una curiosidad de adolescente. De pronto, restalló una envidia desmesurada en la otra voz y esto provocó en Cledy un malestar penoso. La otra maldijo su suerte, casi gritando, ante ciertos pasajes: el trato preferencial concedido a Cledy por el Sr. Thompson o lo que había comido en el almuerzo y cena. Incluso dijo una porquería. Si no podía vomitar y Cledy no se atrevió a preguntarle para qué.

Quiso cambiar de tema y le pidió que se destapara. El bulto se corrió hacia el centro de la cama y allí se transformó en una montaña, la cabeza supuestamente apoyada en las rodillas. —¡Tengo frío! —dijo.

Cledy pensó que lo mejor sería dormir y cerró los ojos. Pero la otra tenía ganas de charla. Pero no de charla fútil sino profunda. —¿Cómo podemos conocer a los otros —dijo la otra voz— sino por los hechos de una vida?

Los hechos cantan con una voz que nadie desmiente, las razones pueden ser poderosas, hice esto por esto, pero el hecho no quiere motivos ni justificaciones, está ahí, desnudo en su propio acontecer, y una muerte, por ejemplo, no acepta justificativos, ningún proceso de dialéctica, la muerte canta con su sirena lúgubre aunque la Patria repose de entusiasmo o de pesar y la explique. Esto decía la voz oculta, insólitamente reflexiva, oponiéndose, sin saberlo seguramente, a las opiniones de la Sra. Davies que aseguraba lo contrario y que tenía en mucho las razones profundas y complicadas de los hechos. Insistió para que Cledy le proporcionara una historia detallada de su existencia, y Cledy se descubrió hablándole de su casa, de la vecina que la había llevado al Patronato y de sus padres. Su vida había girado en un ángulo de noventa grados, y de ahí su desconcierto, explicaba Cledy, el estar como en las nubes. Extrañaba lo que creía ya relegado: una muñeca de su infancia.

No había tantos hechos como para satisfacer a la otra voz que, sin embargo, callaba atenta y respondía esporádicamente con monosílabos emocionados. Por primera vez en ese día, todo estado de inquietud se disipó para Cledy, triste pero cómoda. La pena no la superaba, se ceñía a su cuerpo de quince años, a su intranscendente pasado. Era como estar en el colegio cuando la maestra faltaba.

—Cruzaban la calle —dijo Cledy, contando la muerte de sus padres. —Se querían mucho, siempre estaban mirándose a los ojos. No veían nada, salvo esa puerta por donde cada uno puede entrar en otro.

La otra conocía otra entrada distinta, pero se lo guardó. No carecía de tacto. En cuanto a su propia vida se mostró reticente. Estaba en el Patronato, dijo. ¿Y qué hacía?, le preguntó Cledy.

—Cosas... —dijo.

Cledy pensó un rato, pero cosas, ¡abarcaba tanto! Una variedad infinita: ir al colegio, al cine, comprar pan, lavar los platos. —¿Te gusta?

—¿Qué? ¿Hacer cosas? —repitió la otra. Y lanzó una risita divertida, un poco perpleja: —Sí... No... Cuando tengo ganas...

Le habló del esqueleto arrugado del Sr. Thompson. Cledy no comprendía ciertos términos. Testículos, por ejemplo. Pero esto no era lo grave, según la otra voz. Testículos arrugados tenían todos. Y la sangre arrugada tampoco importaba mucho, no se veía, salvo en un accidente. Pero el pecho arrugado era muy asqueroso. Juventud quiere juventud. En este punto, reflexión amarga cuando los senos tensos debían apretarse contra una piel floja, se abrió la puerta y se asomó la Sra. Davies. El bulto se estiró precipitadamente y permaneció inmóvil y en silencio.

—¡Niñas! ¿Qué ocurre? —gritó la Sra. Davies, con una cara de tan pocos amigos que Cledy se asustó. —¡Basta de charla!

Le reprochó a Cledy que con ella no quisiera hablar y simulara el sueño. Pero imprevistamente sonrió.

—Eso es porque tenés miedo. ¿Me acuesto a tu lado?

Cledy negó. La cama era angosta, no le gustaba la idea del cuerpo de la Sra. Davies encima del suyo.

La Sra. Davies luchó consigo misma un largo rato, la violencia no le proporcionaba placer. Lo sabía por experiencia, naturaleza rara la suya, si alguien no era dichoso entre sus brazos, su propia dicha se esfumaba. Constatación penosa que corroboró abandonando la habitación con un portazo. Esta vez, el Sr. Thompson no lo recibió, se había ido a dormir.

La Sra. Davies no estaba enojada con Cledy, sino consigo misma, a la larga hubiera podido hacerla feliz, pero era así, vencida antes de luchar. Te haré feliz, aunque no quieras, soba pensar ante algunos seres que la conmovían particularmente, pero la felicidad es una carga que no se puede imponer. Y para llegar a la felicidad había que recorrer siempre un trecho de violencia, de privaciones o imposiciones, y ella no era capaz. Con el portazo golpeó su propia impotencia. ¿Y acaso, desde hacía mucho, no decían en el mundo, te impongo esto para que seas feliz? Pero el mundo era extraño, cada uno se aferraba tenazmente a su propia idea de felicidad, se dejaban convencer, sí, manoseados, engrillados, macerados, lanzados unos contra otros, y a veces, el convencimiento duraba toda la vida, pero cuando morían hacían rendición de cuentas y enfrentaban la desdicha.

—¡Por fin! —escuchó Cledy que decían desde la otra cama. Y a las palabras siguió un ataque de risa. —¡Se enojó! —dijo la otra, sacudiéndose y sujetando las puntas de la frazada para que no se le cayera al suelo y se muriera de frío.

La alegría resultaba tan contagiosa, desbordaba necesitando una complicidad espontánea, que Cledy terminó por compartirla. La Sra. Davies era buena, pero un poco pegajosa. Rieron las dos juntas, abiertamente, sin cuidarse del bullicio, los lazos de la amistad anudados en una causa común. La antipatía hacia los gestos y usos de la Sra. Davies las unió estrechamente, libres y alborozadas en la reciente soledad del cuarto.

De pronto, la otra voz se volvió tensa.
—¿Sos linda? —dijo.— Quiero mirarte bien.

Con los labios entreabiertos por la huella de la risa, Cledy miró hacia el bulto en la otra cama. Se había cansado de pedirle que apartara las frazadas del rostro. Eran dos chicas, podían conversar toda la noche. Bromear, un despropósito tras otro. La bruja de la Sra. Davies había desaparecido. Y también el cansancio en la excitación de la risa. Pero algo la inquietó en la otra voz. Le recordaba al Sr. Thompson, a la Sra. Davies, cierto acento que no se dirigía especialmente a su cara como destino de voz y oído, que no buscaba sus palabras, sus deseos, sino que corría por su cuerpo hacia ciertas partes que...

—¿Sos linda? —repitió la voz con el mismo acento inquietante, ansioso.

Cledy miraba fijamente la cama vecina, las frazadas se deslizaron lentamente.

PROYECTOS, PROYECTOS...

Cledy despertó a la mañana siguiente. Las lágrimas se habían secado sobre sus mejillas. La vieja dormía en la otra cama, despatarrada. Tenía unos pocos pelos blancos, muy largos, desparramados sobre la almohada. El cráneo rosa, sin caspa. Estaba desnuda, los senos fláccidos le tocaban el vientre, con pezones morados, muy prominentes. Cledy apartó la vista, contuvo las lágrimas y buscó una ventana en el cuarto. No había.

En algún lugar del Patronato sonó una sirena durante diez minutos. Cuando cesó, el silencio pareció desmedido. Pero en seguida, unas voces frágiles, tenues, se alzaron en algún lado, cantando el Himno.

La Sra. Davies apareció en la puerta, agitando una campanita. Arrojó la frazada caída en el suelo sobre el cuerpo de la vieja y comentó desdeñosamente: —Margaritas a los chanchos.

Se mantuvo apartada y distante. Traía en el brazo un vestido nuevo para Cledy, blanco, con un cinturón de seda azul, mangas largas, escote avaro. Muy secamente, le ordenó que se vistiera.

La Sra. Davies miró la cama de Cledy,

muy revuelta, una mancha oscura sobre las sábanas, y para no verla, se sentó encima. Miró a Cledy largamente mientras ésta se vestía y, de pronto, comenzó a llorar. Para Cledy fue muy penoso ver llorar a la Sra. Davies, siempre tan segura, tan eficiente.

—¡Margaritas a los cerdos! —repetía, cambiando a último momento chanchos por cerdos porque era más fino.

La vieja abrió un ojo y lo cerró, haciéndose la dormida. Cuando iban a salir del cuarto, la Sra. Davies apartó la frazada y con toda su fuerza, que era inmensa, levantó y volteó la cama, con la vieja encima. La vieja gritó de susto, intentando sujetarse del colchón, y rodó hacia el suelo. La Sra. Davies le pegó puntapiés en las costillas y le ordenó vestirse para ir a la cocina.

Cledy hubiera querido preguntar a la Sra. Davies cómo sería su segundo día en el Patronato, pero no se atrevía a abrir la boca. La Sra. Davies seguía pareciendo distante, a pesar de sus lágrimas. Se la veía muy mortificada.

Después del desayuno, la Sra. Davies condujo a Cledy a la dirección. El Sr. Thompson, despidiendo un fuerte olor a colonia de sus mejillas recién afeitadas, esperaba solo. El otro había desaparecido. Pero ésta es una afirmación apresurada. Había trabajado como un burro toda la noche y ahora dormía. Quinientos niños habían sido sacados subrepticiamente del Patronato durante la noche, depositados en plazas, zaguanes y algunos directamente sobre las vías del ferrocarril, pero trabajo inútil, en cierta forma. Otros quinientos habían sido recogidos por asistentes sociales y 221 dejados por manos anónimas, unos en la puerta del Patronato, un trozo de papel con el nombre de pila clavado con un alfiler de gancho sobre el pecho desnudo, y otros con las piernas rotas porque en la prisa del abandono habían sido arrojados a través de los altos muros que circundaban los jardines. Este excedente de 221 niños es lo que preocupaba al Sr. Thompson, aparte de la ineptitud del guardia que sólo había ametrallado a unos cuantos, así que no estaba de buen humor. Trabajo ingrato, incesante como la piedra que levantaba Hércules, pensaba el Sr. Thompson, que no era muy fuerte en historia antigua.

La Sra. Davies abrió la puerta de la dirección y al observar la cara del Sr. Thompson la cerró en seguida. Sentó a Cledy sobre una silla, en el pasillo. Le encantó el aire juicioso de Cledy, una muñequita, consideró con cierta tristeza. Y trató de no pensar en la cerda que se había comido esa margarita. Su odio por la violencia, por la coacción en el camino hacia la felicidad, no conducía a nada, ya lo veía. Otros con menos escrúpulos, aprovechaban y podían decir, ¿quién me quita lo bailado? En última instancia, si la violencia está siempre en algún lado, es mejor que esté de nuestra parte. Pero para la Sra. Davies resultaba imposible modificar el carácter, la educación recibida. Se acercó a Cledy y le arregló el moño azul de la cintura.

Incitó a Cledy a que cruzara las piernas. Era más elegante. Y llevó la sugerencia a la acción. —Así —dijo, de rodillas en el suelo, sus manos depositadas sobre las piernas de Cledy, que tenían un vello imperceptible.

Cledy torció la cabeza hacia abajo. —Sra. Davies —dijo.

—¿Sí? —dijo la Sra. Davies, abstraída, pensando en otra cosa, sus manos habían alcanzado las rodillas y subían.

Cledy ahogó una risita incómoda: —Me hace cosquillas —y cruzó las manos sobre la falda, protegiendo una zona estratégica.

La compañera de cuarto de Cledy, vestida con un uniforme gris y un delantal roñoso, abrió la puerta del pasillo. Introdujo a tres personajes que avanzaron tímidamente. Los ojos de Cledy se dirigieron hacia el joven que cerraba el grupo, era bajo, bien parecido, muy joven.

La Sra. Davies se incorporó prestamente. —¡Inoportunos! —dijo y avanzó hacia ellos con la mano tendida.

—Buenos días —dijo el hombre, que era viejo, con unos granos de adolescente en la mejilla. —Soy el señor Perigorde. Mi señora. Mi hijo.

—Horacio —dijo el joven, mirando a Cledy.

La Sra. Perigorde, que era gorda y mucho más joven que su marido, comentó, mirando a Cledy: —¡Es preciosa! Sra. Davies, ¿por qué no nos dijeron que era tan linda? —Y se volvió hacia su hijo —¿Te gusta, Horacio?

Horacio enrojeció vivamente y no contestó nada. Pero Cledy supo que le gustaba y esto la hizo feliz. Escondió el pesar, o la vergüenza, de la noche pasada, y le sonrió. La madre de Horacio pescó la sonrisa al vuelo.

—¡Parece amor a primera vista! —comentó.

La Sra. Davies juzgó que era un comentario apresurado y que el procedimiento debía seguir su desarrollo normal. Ningún apresuramiento, por favor, y cortó por lo sano hacia el aspecto práctico del asunto. Dijo con tono seco, aunque no exento de cordialidad —Se llevan una alhaja. Sabe hacer de todo.

—En casa no habrá necesidad —contestó la Sra. Perigorde, que llevaba la voz cantante, el viejo no hablaba, se había sentado en una silla, fatigado, y se limitaba a escuchar atentamente, volviendo la cabeza a cada instante hacia los interlocutores, como si siguiera un partido de tenis. Tenían sirvienta y esto alegró a la Sra. Davies, preocupada por el bienestar de Cledy. No se verían obligados a vivir con los viejos, afortunadamente disfrutaban de un buen pasar. —No somos pelagatos —dijo la Sra. Perigorde, y les comprarían un chalet.

—¡Algunas tienen suerte! —comentó la Sra. Davies con apesadumbrada envidia. Nunca había conseguido un buen partido, no obstante su aire de Hermana Kenny. Todo su aspecto devoto y eficiente, no había atraído nunca otras miradas que las fervorosas de los niños. ¿Y por qué? ¿Por qué?, se preguntaba la Sra. Davies, ¿toda esa injusta diferencia entre los seres humanos? Lo que sucedía es que un pecho chato y peludo no le gustaba, aparte de otras cosas que tampoco le gustaban. Misterios de la vida. Una norma para todos y todos somos distintos.

La Sra. Davies abrió la puerta de la dirección y la cerró nuevamente. El director tenía una cara que asustaba. Podía salir con un martes trece, y el Patronato no estaba como para despreciar oportunidades. El presupuesto disminuía de año en año, el país progresaba, lenta pero armoniosamente, se atendían necesidades más urgentes. La soberanía, la polución del aire, por ejemplo, aunque los niños fueran siempre los más privilegiados: tenían toda la vida por delante. Oh, sí, sí, ella, la Sra. Davies, parecía ignorante, o no tanto ignorante, sólo ocupada en lo suyo, su trabajo, su investidura, pero sabía un poco de todo, el mundo le pertenecía. Nada de lo que es humano me es extraño, pensó, salteándose el sexo opuesto por un resto de pudor, o, más verídicamente, por coherencia. ¿Era "eso" humano? Así, nada le era extraño, y menos aún, el sufrimiento de los otros. Cuando podían colocar a alguna niña, se sentía feliz, satisfecha de su destino. Repartían entre tres la donación subsiguiente, algún día envenenaría al subdirector, útil sí, pero que ejercía un trabajo menor y no siempre con la competencia debida. Que entre entradas y salidas se anotara una diferencia de 221 no hablaba demasiado bien de su capacidad. El Sr. Perigorde se había dormido en su silla y el bostezo de la gorda de su mujer sacó a la Sra. Davies de sus meditaciones. Horacio y Cledy se miraban tímidos, pero con cierta ternura.

—Se casarán pronto —dijo la Sra. Perigorde, y la Sra. Davies se rebeló.

—Es un poco prematuro hablar de casamiento —dijo.— El Patronato no larga a sus pupilas así nomás, como si fueran putas.

—Sí, sí, es natural —aprobó la Sra. Perigorde.

De pronto, se escuchó la voz del Sr. Thompson detrás de la puerta:

—¡Carajo! ¿Por qué no entran? Estoy podrido de esperar.

La Sra. Davies abrió la puerta de la dirección y se apartó para dejar pasar al Sr. y la Sra. Perigorde. Horacio los seguía, pero la Sra. Davies colocó el brazo horizontalmente, impidiéndole el paso. Señaló a Cledy:

—Hágale compañía —rogó, y cerró la puerta tras de ella.

Horacio se volvió hacia Cledy. Se sentó a su lado. De cerca, Cledy observó que se estaba dejando crecer la barba, que la tendría muy rala, casi negra, un poco más oscura que el cabello, que era castaño. Había una mosca rondando, y ambos le agradecieron que estuviera allí, para ocupar los ojos. Pero la mosca no sabía mucho de agradecimientos, intentó posarse sobre la frente de Cledy, que le pegó un manotón, y renunció a la sociabilidad. El silencio era muy grande, el Patronato parecía abandonado, y cuando la mosca se alejó, escucharon el ruidito de las alas. Correctamente: zumbido. Más que mosca, era moscardón, tenía el cuerpo redondo, negro y azul eléctrico.

Horacio miró a Cledy con el rabillo del ojo. Siempre había sido un poco marmota, dominado por los padres, por la madre especialmente. Se sentía avergonzado, hubiera querido conocer a Cledy en una fiesta o en la calle, seguirla de cerca en una viril actitud de galanteo, y no estar ahí, transpirando en silencio. No tenía idea de cómo le hablaban los muchachos a las chicas. Desde su infancia, cada vez que su madre lo veía hablando con el sexo opuesto, lo llamaba y lo ponía en penitencia. Había olvidado la sabiduría que la Naturaleza concede fácilmente. Pero también, como la Sra. Davies, no tan ignorante del mundo como para desconocer que ése, la cita y el encuentro en el Patronato, no era el camino común. De pronto se dio cuenta de que el camino podía habérselo señalado la madre, como había sucedido concretamente, pero que sin sus pies no habría camino, sólo un desierto, sólo una posibilidad. Alguien había dicho que se hace camino al andar, y lo anonadó pensar cuánto tiempo necesitarían sus pies para hacerlo en la roca, en el agua, en la arena. Haría el camino, pero se quedaría sin pies, llegaría con las rodillas, si quería ser exacto. El poeta había hablado bellamente, pero mintiendo, recortando el mundo a su propia necesidad. ¿Qué clase de camino podía hacerse sólo con los pies de uno? Su madre era muy prepotente. Harían falta miles de patas para abrir un camino transitable sobre los torturados y los muertos. Se puso pálido, abrazándose los muñones. Ay, cuando pensaba, solía hundirse.

El silencio le pesaba, ominoso. Tragó repetidas veces y al cabo, encontró su voz, un poco ronca y desconocida:

—No sé de qué hablar —dijo.

Cledy sólo escuchó un murmullo ininteligible, pero simuló haber entendido. Sonrió amablemente. Él la miraba, como esperando una contestación.

El moscardón volvió y descendió en picada sobre una inmundicia en el piso. Cledy pensó si sería atinado hablar de él, era asqueroso pero, después de todo, volaba como un pájaro. No se decidió y el momento pasó: el moscardón se alejó por el pasillo, libre, como si estuviera en su casa.

El silencio se transformó en un murmullo que partía de atrás de la puerta de la dirección. Las voces se elevaron, iracundas, y al escucharlas, Horacio se revolvió incómodo en su silla. Sonó el estallido de una bofetada y casi enseguida, el ruido de unos vidrios rotos. La Sra. Davies abrió la puerta, les dirigió una mirada preocupada, moviendo la cabeza, y se alejó corriendo por el pasillo. Volvió el moscardón. Detrás de él, la Sra. Davies con un vaso de agua. El moscardón aprovechó la oportunidad y se introdujo en la pieza. Ambos se miraron, decepcionados.

El tema de la conversación se les había perdido irremisiblemente. Pero miraron fijamente la puerta, con una última esperanza.

Las voces se aquietaron poco a poco, y recuperaron su nivel normal. Escucharon risas. Cledy miró a Horacio y, al mismo tiempo, suspiraron. Muy lentamente, Horacio movió su mano y tomó la mano de Cledy.

Cuando la puerta de la dirección se abrió, el Sr. Perigorde tenía un ojo negro, y para hacerle pendant, el Sr. Thompson había sacado uno del mismo color de la cajita de compases y miraba con lucidez insólita desde la cuenca. El otro ojo, celeste, parecía un poco desconcertado.

El Sr. Perigorde se guardaba la billetera vacía en el bolsillo y mascullaba frases deshilvanadas sobre una estafa. A pesar del éxito de la operación, se lo notaba ultrajado. —Ladrones, tramposos —repetía, entre otros conceptos menos claros. No terminó de explicar como para que lo entendieran, fue atropellado por su mujer, visiblemente ansiosa del gesto que la esperaba. El Sr. Perigorde no se quejó de esto, debía estar acostumbrado a los empellones.

La Sra. Perigorde corrió hacia Horacio y lo abrazó fuertemente. Sus gruesos cachetes, cubiertos de polvo, temblaban y rebotaban contra el pecho. No era mujer fácil de emocionarse y Horacio se conmovió.

—Mamá —dijo, dulcemente, abrazándola.

La Sra. Perigorde, que se llamaba Alcira de nombre, alzó hacia Horacio sus ojos arrasados de lágrimas y sonrió. Horacio había sido siempre una espina clavada en su corazón, muchacho extraño, tal vez demasiado cuidado, las aprensiones de los padres, la culpabilidad inherente a la paternidad, lanzar una criatura a los riesgos del mundo, tal vez sí, demasiado cuidado, pero, ¿por qué, cada vez que se le acercaba una chica corría a meterse entre sus faldas? En más de una ocasión, lo había sacado a puntapiés, ¿o había sido a la inversa? ¿Lo había sacado a puntapiés cuando se acercaba a una chica? Ah, su memoria fallaba, pero no, no. No estaría tan contenta ahora, cuando Horacio le demostraba que no era el extraño que ella temía fuese, sólo un muchacho un poco tímido, al que había que empujar para que entrara con los otros al rebaño o ganado de la familia. Ah, no quería pensarlo, ¡los hijos, los nietos! Por interpósita persona, sería madre otra vez. No porque fuera incapaz de serlo, en lo que a ella respetaba ponía las manos en el fuego, todavía todos los meses abandonaba los frutos desperdiciados de una posible maternidad, pero cada maduración tiene su época, pensaba justamente. No se dan peras en invierno, y miró sin envidia, la primavera de Cledy. Dejó de sobar a Horacio y le abrió los brazos.

Cledy, que tenía su experiencia con la Sra. Davies, no se abalanzó hacia ellos y tuvieron que empujarla.

—Besala —dijo el Sr. Thompson en tono amistoso, olvidado por un momento del excedente de los 221, el rostro rejuvenecido.

La Sra. Perigorde besó a Cledy y la tiró al Sr. Perigorde. La boca de Cledy cayó justo sobre un grano, qué mala suerte. Se cambiaron saludos. El Sr. Thompson estrechó la mano de Horacio y lo felicitó. La Sra. Davies tomó un extremo de su capa y se enjugó una lágrima. Sólo un día había estado con Cledy, pero ya se había encariñado.

—¡Se me va el pimpollito! —dijo.

Pero el Sr. Thompson la consoló. Por principio, no querían lazos con los internados, después costaba mucho deshacerlos, pero favorecería una excepción. Todo había llegado a una conclusión óptima. Familia acomodada, no había motivos para interrumpir las relaciones. Pero el pimpollito, y acá el Sr. Thompson se apropió del tierno vocablo de la Sra. Davies, no se marcharía al instante. Los muchachos debían conocerse mejor. Contrato o no contrato, un matrimonio no es asunto de poco peso. Formuló una observación equívoca sobre un cuerpo encima de otro y la consiguiente duplicación de peso, pero nadie se molestó en la alegría del momento. Los muchachos tendrían permiso para salir a pasear los domingos por la tarde, Horacio podría visitar a Cledy jueves y sábados en el Patronato.

La Sra. Davies se excedía en sus atribuciones y establecía las reglas. Ella vigilaría a costa de su descanso, escrupulosamente atenta a la movilidad de las manos y de las piernas. La sangre joven corre rápida, fogosa. Un momento de descuido y lo irreparable se produce.

Este comentario despertó alguna sensación imprecisa en el Sr. Thompson porque se arrimó a Cledy:

—¿Un besito? —dijo.— ¿Le da un besito ahora al director?

La Sra. Davies soltó su capa y previno: —Cuidado, señor director. No se entusiasme.

El Sr. Thompson besó púdicamente a Cledy en la mejilla, pero aprovechando la beatitud de la distracción general, todos miraban los gruesos labios del Sr. Thompson sobre la mejilla de Cledy, curvó el brazo y le tocó el traste.

El Sr. Perigorde besó a su esposa y luego dijo: —Un beso para el papá político, también.

Puso la mejilla, pero Cledy tardó bastante en accionar buscando un lugar sin granos, así que finalmente tomó él la iniciativa. A Cledy le hubiera convenido ser más rápida, cuando no se elige, a uno siempre le toca lo peor.

La Sra. Perigorde pensó que ya había esperado demasiado. ¿Es que ella no tenía ningún derecho? Posiblemente todos pensaron lo mismo al mismo tiempo porque se abalanzaron sobre Cledy, congratulándola, salvo Horacio, muy tímido, que los miraba con una ciega sonrisa de felicidad.

Cledy salió bastante machucada del evento,

pero por suerte, en el momento culminante, apareció su compañera de cuarto con el delantal roñoso, las greñas desparramadas, diciendo que tenía que barrer el pasillo y, acto seguido, sin conmiseración alguna, comenzó a pegar escobazos a diestra y siniestra, hábilmente, hasta que enfrió y desalojó a todos.

EL CASAMIENTO

Consideraron el luto de Cledy. No eran bestias, alegría quiere eternidad, pero la muerte no quiere nada: está, y su eternidad no es una broma. Los padres de Cledy ni siquiera habían alcanzado el estado de esqueletos en las tumbas, les faltaba aún un buen trecho de camino para descarnarse, así que el mínimo respeto imponía una ceremonia íntima. Todos de acuerdo.

El Sr. Thompson se excusó, de pronto recordó que era el director del Patronato, no un cualquiera, y que podría gastar su imagen. Delegó la representación en el subdirector, que concurrió a la ceremonia muy bien vestido, pero silencioso como siempre, impenetrable. Provocaba un leve malestar, imposible saber lo que pensaba. Pero como muchos que provocan el mismo desconcierto, no pensaba nada, estaba ahito de sufrimiento, sólo eso. Algún día reventaría a fuerza de sufrimiento. La gente parecía alocada, en estos tiempos de la píldora, de pesarios y preservativos, la procreación no cesaba. Le habían arruinado hasta la poesía, cuya frecuentación había cultivado en otro tiempo, en el manantial que no cesa no veía más que ríos de esperma que había que detener de algún modo, drásticamente.

¿De qué sirve la civilización, la técnica, pensaban los infelices, si no se podía tener un hijo o dos, tres o cuatro, cuatro o seis? La mesa larga, los juegos y el bullicio, la pudrición de no tener un instante de reposo. Pero así, ¿dónde iría el país? ¿La tierra?

El señor silencioso veía ya a la humanidad pisoteándose, como en las playas de moda, formando una cadena, agarrotada de pies y manos, para no desbordar y caer al mar. Así que cuando escuchaba por la radio, a través de un relajante tono de cotidianidad, que habían tirado toneladas de bombas en algún lado, respiraba con un poco de distensión, aunque lo más práctico no era esto, siempre costoso, sino guardarse de tantas contemplaciones, no hablar tanto apelando a la razón y hacerles a todos un nudo en el pito, salvo a algunos privilegiados.

Había propuesto usar el horno de la cocina para los excedentes, y el Sr. Thompson lo había mirado con ojos sanguinolentos, se había ensartado un ojo rojo y el propio lo tenía bastante irritado por una basurita, y por poco no lo despidió. Así, el subdirector había tenido que seguir recurriendo a las vías, a los zaguanes, pero cada vez había más niños famélicos y abandonados. ¡Qué crueldad! Imposible que el Patronato subsistiera en esas condiciones. ¡Como para estar con ánimo de celebraciones!, pensaba amargamente mientras congratulaba a los novios, sin pronunciar palabra, apenas con una inclinación de cabeza y un apretón de manos, odiándolos ya por la amenaza que suponía el casamiento.

Por suerte, los novios no sabían sus preocupaciones. Tomados de la mano, parecían un poco atontados. El Sr. y la Sra. Perigorde sonreían, como extraviados por la felicidad del hijo. La Sra. Davies había cambiado su capa negra por una blanca y los invitados la confundían con la novia. La Sra. Perigorde la miraba, presa de la más viva inquietud, porque con delicadeza, la Sra. Davies se había abalanzado sobre la mesa del lunch y en su recorrido había vaciado los platos, llegaba peligrosamente a la torta de casamiento.

—Horacio, hacé algo —dijo la Sra. Perigorde.

—¿Qué, mamá? —dijo Horacio, sin entender.

No había caso, ¡qué lelo! Afortunadamente, la Sra. Davies no sólo parecía la novia sino también, ante ojos más atentos que descifraban sus arrugas, la madre de Cledy, y los saludos la distraían un poco. Lloraba a raudales porque estaba emocionada y porque por un tonto pudor, no le había hablado a Cledy como una madre a una hija, la mandaba al matrimonio completamente ignorante de sus peligros. Mientras masita iba y masita venía por el caño de su garganta, había pegado codazos a Cledy, señalándole la parte superior de los pantalones de Horacio. Cledy miraba y no entendía. Por el exceso de emoción, los pantalones de Horacio colgaban tan fláccidos como si estuvieran vacíos.

El Sr. Thompson había vendido la ceremonia a un canal de televisión, y ahora estaban enceguecidos por los focos, el locutor les golpeaba los dientes con el micrófono, incitándolos a que contaran su romance.

Horacio tenía la mejor voluntad, hubiera querido acceder, sentarse aparte, lejos del escándalo de los invitados, y contar tranquilamente las largas jornadas de sus visitas a Cledy en el Patronato, que les resultaban breves e insuficientes bajo la estricta vigilancia de la Sra. Davies, sus añoranzas de un encuentro fortuito en la calle, esta chica me gusta y la sigo, pero después el amor y el deseo ajustándose a la deliberación de un contrato, venciéndolo, sus erecciones prestamente frustradas por la Sra. Davies que se alzaba de su silla (colocada discretamente, pero en posición clave) con un grito de pavor.

No obstante su inexperiencia, Cledy percibía las intenciones confesionales de Horacio y experimentaba una sombra de desazón.

—Horacio —decía, apretándole la mano.

Pero Horacio no iba por buen camino, temblaba bajo la intensa luz de los focos y desvariaba bastante. La obsesión no conduce a la coherencia y Horacio estaba obsesionado por el deseo de descargarse de su pasado y entrar como un ser nuevo en el matrimonio. De cualquier forma, los temores de Cledy se revelaban excesivos porque, apenas Horacio enlazaba un hilo coherente en la sarta de disparates, el locutor lo interrumpía: —¡Muy bien! —aseguraba, rápido, y se volvía hacia Cledy: —Y esta preciosura, ¿qué cuenta?

No le importaba mucho, porque apenas Cledy abría la boca —¡Qué gente linda! ¡Qué gente linda! —decía, mirándolos y los besaba, a Horacio en la mejilla, a Cledy sobre la frente, cuidando de que su rostro quedara en buen ángulo con la cámara, lo que resultaba casi imposible porque tenía los rasgos marcadamente asimétricos y los ojos tan bizcos que se le apelotonaban en la sien.

Cuando entraron en el cuarto nupcial, había un movimiento incesante de personas que se movían atareadas y los curiosos se apeñuscaban, estorbando y estirando los cuellos.

Potentes reflectores estaban centrados sobre la cama matrimonial, amplia, lujosa, una frazada verde nilo cubriendo la blancura de las sábanas. Había tanta gente que los camarógrafos no podían trabajar en paz, se enredaban en los cables y sacaron a uno estrangulado. Aprovechando un raro momento en que la cámara no lo enfocaba, el locutor sacó a los intrusos a puntapiés.

—¡Sólo los íntimos! ¡Sólo los íntimos! —repetía, excedido, al comprobar que la gente ya no respetaba nada.

Horacio protegió a Cledy con su cuerpo y se negó en redondo a meterse en la cama.

El locutor sonrió tranquilizadoramente.

—¿Pero usted qué cree que somos? —dijo.— Sólo le pedimos que duerman.

Pero Horacio afirmó que con tanta luz no podía dormir. Llamaron al Sr. Thompson por teléfono para arreglar el entuerto, convencer a los tórtolos, pero no consiguieron hallarlo. Había cobrado un anticipo de los derechos y se había ido de juerga. Rodeado de prostitutas, en un bar del bajo, se entretenía con su caja de compases, variando su ojo de vidrio con la rapidez de un prestidigitador. En un momento, demasiado entusiasmado, se ensartó dos en la cuenca y resultaron estériles los esfuerzos de desalojar el excedente con el simple manipuleo de dedos, hurgaron y hurgaron, pero fue inútil, la bolita se metía más adentro, así que tuvieron que llevarlo al hospital.

Los tórtolos no se convencían, Cledy asustada y Horacio completamente inflexible, muy tozudo. El locutor no sabía a qué razonamientos apelar, tenía la cara dolorida de tanto cambiar de expresión, exultante cuando lo enfocaba la cámara y puteando cuando no lo enfocaba. Se le estaban petrificando los músculos. Al final, los camarógrafos se irritaron con tanto desorden, desnudaron a Cledy y sacaron unas tomas para regocijo personal. Alguien propuso desnudar a Horacio también, obviamente era un invertido, pero los otros rechazaron la idea con malos modos, uno, incluso, que era un tipo derecho como un poste, rozó de un puñetazo la mejilla del descarado.

Los senos de Cledy atrajeron mucho la atención, pequeños y bien formados, y ahí empezaron a desabrocharse los pantalones. Por suerte, la Sra. Davies había terminado de comer, se interpuso y los expulsó violentamente.

—¡Me hago responsable! —gritó y nadie se atrevió a contradecirla, alta y vigorosa como era.

Cledy se encerró en el baño, llorando. Horacio le alcanzó su camisón de novia a través de un intersticio de la puerta. Temblando de indignación, pálido y humillado, se desplomó luego sobre una silla. La Sra. Davies también estaba pálida, temible como un ángel vengador, pero más años, un contacto más directo y diario con la bajeza de la gente, aunque fuera de poca edad, le habían concedido mayor experiencia para reaccionar debidamente. Se repuso y siguió comiendo masitas de un plato que había llevado a la cámara nupcial por si la asaltaba languidez.

Cledy salió del baño y Horacio fue a su encuentro, mirándola con ojos dulces y conmovidos. La besó en los cabellos y la consoló tiernamente, como un hermano. Cledy sintió la protección de su pecho, los brazos de Horacio sobre su espalda, como formando un nido de pájaro.

La Sra. Davies cerró la puerta con llave, acercó una silla a la cama, se sentó y dijo, benévola:

—Empiecen.

FELICIDAD

Horacio había resultado un buen marido, pensaba Cledy.

La noche del casamiento, en la que la Sra. Davies no los había dejado dormir, porque encendía la luz y los destapaba apenas oía algun roce, había pasado, insomne y tan aburrida y sin novedades, que apenas aclaró, la Sra. Davies se marchó con su hábito blanco arrugado y transformado en gris. Alguna decepción profunda debió haberse llevado, por fin dispuesta a saber qué satisfacciones producía eso entre distintos sexos, le había exigido heroísmo sin tregua la decisión, y las consecuencias fueron tan nulas que nada pudo borrar la herida y no volvieron a verla.

Horacio había resultado más que un buen marido, pensaba Cledy con reconocimiento. El elegido verdaderamente por ella, no por el Sr. Thompson ni por el Patronato. El azar o la más absoluta predestinación había regido el encuentro, y no importaban las circunstancias exteriores, terminantemente: el elegido.

La timidez de los primeros días había pasado y ahora conversaban largamente. Los juegos del amor no dolían, no ofendían. La sabiduría que la Naturaleza concede fácilmente, se había impuesto por fin, en la soledad. Hablaba a través de los cuerpos, limpia, como recién nacida. Perfeccionaba su lenguaje lentamente, noche tras noche, algún cálido mediodía o crepúsculo. Usaba los besos, las manos, tímidas al principio y luego ávidas, que no perdían nunca la dulzura, la precavida consideración del comienzo.

Horacio había resultado el elegido y saberlo, modificaba el pasado, sólo las dos tumbas menos frescas en la tierra mantenían su carga oscura y definitiva, el resto se ajustaba al presente y no habían existido citas convenidas por terceros ni contratos, Horacio había seguido a Cledy por la calle, murmurando en su oído palabras convincentes, forzándola a mirar sus cabellos castaños, el nacimiento de su barba, sus ojos con el ancestral reclamo del hombre hacia su mitad perdida y reencontrada.

Después del amor, se sentían saciados y sin pena, y en las charlas y en el silencio comenzaba el mundo, se ordenaba, ahí, en la cama amplia, en las cuatro paredes del cuarto. Pasaron los meses y cuando el vientre de Cledy se puso tenso, el mundo terminó de completarse. Con una delicia compartida, amontonó en un cajón del ropero la ropa blanca y minúscula. Sentía las pataditas (no son pataditas, pero era lindo pensarlo) del niño o niña que crecía. Hacía las compras, la comida, Horacio volvía al mediodía fugazmente, retornaba a la noche, cansado, pero feliz. Cledy sentía que era feliz por la forma de mirarla y acariciarse la barba, muy rala, más clara que el cabello castaño, a pesar de lo que había creído, que sería oscura.

Los domingos visitaban al Sr. y la Sra. Perigorde, no le gustaban, aunque eran amables y se desvivían por complacerla. Cledy se sentía culpable, pero no podía evitarlo. La cara del Sr. Perigorde se había secado bastante, pero igual no le agradaba besarlo en la mejilla cada domingo. La Sra. Perigorde era más pasable, en la intimidad se mostraba insegura, acomplejada por la gordura, asquerosamente dócil a los menores requerimientos del marido.

—Soy una esclava —decía, disculpándose.

Cada atención aumentaba los remordimientos de Cledy. Los dejaban en paz, muy discretos, tímidamente ofrecían un escarpín, les regalaban comestibles, en ocasiones un queso entero, y no pedían nada en cambio. Contemplaban la felicidad de Cledy y Horacio con afecto, un poco avergonzados de estar vivos todavía, de participar en esta felicidad que les había caído como de yapa, Cledy podía haber resultado una bruja, cada ser humano es una incógnita, y en cambio, la elección no había podido ser más acertada.

Los almuerzos eran breves, comían poco, Cledy y Horacio ocupados en sonreírse, los viejos en contemplarlos. Se decían pocas palabras, ninguna demasiado profunda, pero no era necesario como cuando existe un estado de beatitud. Cledy y Horacio rechazaban el café, salían los dos, tomados de la mano o del brazo, olvidados del Patronato, de la Sra. Davies, de la vieja con su delantal roñoso que Cledy no quería recordar. Paseaban e iban al cine. Se aburrían con ternura, como todos los jóvenes a quienes el cuerpo les habla aún, por su cuenta, sin hacer caso del aburrimiento de las costumbres, de los pocos pensamientos en la cabeza.

Se acostaban temprano, hacían el amor con cuidado, por el niño o niña que crecía, y Horacio se quedaba mucho tiempo con la mano apoyada en el vientre de Cledy, atento a un movimiento, y reían los dos, juntos, cuando se producía, como si alguien les hablara en un lenguaje especial, comprensible solo para ellos a través de un instante que habían compartido.

El bebé fue una niña y llegó a su hora, sin angustias de atraso. La lluvia golpeó esa noche sobre el techo y las paredes del sanatorio y Cledy la oyó dichosa, cansada. Olvidó completamente el dolor, como si no hubiera existido. Miraba a la niña y se asombraba de que le hubiera costado tan poco, un precio de sufrimiento tan irrisorio. Había nacido, se dejaba mirar. Cabeza abajo, le habían pegado en las nalgas, y su primer recuerdo sería, forzosamente, de dolor, pero quizás, el de la niña sería como el de ella: sin importancia. Lo que está más allá del dolor, la justificación del dolor, es lo que cuenta, pensaba Cledy. Quizás por eso la agonía se hacía tan dura en los viejos, no por cobardía, no por temor. Lo que sabían después del dolor, no los consolaba. No importaba que desde una eternidad sin existencia pasaran a otra en las mismas condiciones, se habían enviciado viviendo.

Cledy extendió un dedo y rozó delicadamente la cabeza de la niña. La esperaba la muerte, pero ahora empezaba a vivir, y deseó la felicidad para ella, largos días repletos de compensaciones, de ternura, de alegría. El dolor soportable y la ausencia de ansiedad.

Pensaron un nombre para el bebé y la llamaron Alicia, que era lo más parecido a Alcira. Cledy no había querido que su hija se llamara como la madre de Horacio, el nombre despertaba en ella al instante la imagen de la sargentona insegura dentro de la abundancia de sus carnes. ¡Dios mío, si se le pareciera!, qué destino. Horacio insistió débilmente, como por fórmula, y se conformó. La Sra. Perigorde lloró un poco, decepcionada, Alicia, no Alcira, pero el bebé era gordo, muy hermoso, y esto compensaba el ostensible desafecto de Cledy. Achicó su mole lo más posible, al lado de la cama. Ella había engendrado a Horacio, y aún las mejores nueras tienen celos de la madre del marido. Lo comprendió. Besó al bebé en la cabeza, redonda y sin ninguna marca de nacimiento: perfecta. No se podía formular ninguna objeción realmente.

El Sr. Perigorde, su nombre era Arturo, se limitó a jugar con el índice en la mano del bebé, tenía las uñas limpias y, por suerte, no lo besó. Por primera vez, Cledy lo quiso un poco. Se mostraron tímidos, maravillados. Horacio se sentó en la cama, pasó su brazo sobre los hombros de Cledy, se acarició la barba rala y la miró directamente en los ojos, en un abrazo que los otros no veían sólo ellos dos.

LA VISITA

Cledy pensó que sus padres volvían.
Su segundo hijo tenía seis meses. Se llamaba Arturo, como el abuelo, y en esto, Horacio no había querido ceder. La Sra. Perigorde había aceptado estoicamente, pero con su mortificación duplicada, la diferencia de criterio de Horacio, no quería pensar en una posible preferencia, se sentía una basura. Aunque el tiempo había pasado para atemperar su decepción, ¿por qué Alicia y no Alcira?

Sin embargo, en su fuero interno, Cledy no había aceptado el nombre, lo llamaba bebé, hijito mío, jamás Arturo, el odioso nombre impuesto por el padre.

La primogénita había sido festejada, pero este segundo nacimiento provocó una alegría mayor. El regocijo de los abuelos había sido inmenso y en la fiesta de bautismo tiraron la casa por la ventana.

—¡Un varón! ¡Un varón! —repetía el Sr. Perigorde, alborozado de que su apellido no se extinguiera. Que Horacio le hubiera puesto su mismo nombre sobrepasaba todas sus esperanzas. Vivir le había servido para algo. Un árbol crea otro árbol, y la humanidad es un bosque, pensaba, excediéndose un poco. Se sintió obligado a retribuir: extendió un cheque por muchos miles, pero Horacio no había querido ni siquiera cambiarlo, tan emocionado que guardó el cheque bajo el colchón, como recuerdo. A veces, Cledy no lo comprendía.

Cledy pensaba que no se puede hablar mucho de los hijos, persistía la sensación de maravilla, de encantada sorpresa, aunque la nueva gestación también había durado nueve meses, aunque había pasado el parto, el contacto físico con la realidad, y luego, los primeros días después del nacimiento. No sé si existes o si te he soñado. Era evidente. Pero esa presencia que antes no estaba y ahora sí, frágil como alguien muy cercano a la nada todavía, tan inerme y furiosamente exigente en sus necesidades de hambre y sed, de sueño e imprecisos fastidios, la mantenía en suspenso, la fascinaba, como cuando había nacido Alicia, no Alcira. Regresaba a la magia de los Reyes Magos, el regalo ávidamente esperado y recibido por fin. Por otra parte, la prueba de su maternidad también estaba en su cuerpo. Había echado pechos voluminosos que, a veces, el Sr. Perigorde miraba de reojo, tocándolos con la punta de un dedo y preguntándole paternalmente:

—¿Te duelen?

—¡Pero no, Arturo! —decía la Sra. Perigorde, con una sombra de alarma, apartándole la mano.

Se inquietaba no sin razón porque mantenía aún fresco el recuerdo de la primera mirada del Sr. Perigorde, no a su cara de manzana, sino a sus senos. Cuando el Sr. Perigorde levantó el rostro, en aquellos días ya lejanos, ya se había decidido y le propuso casamiento.

Cledy estaba inclinada sobre la cuna del bebé y pensó que sus padres volvían.

Alicia jugaba afuera, en el jardín. Era una tarde de verano, muy luminosa, pero todavía con el aire liviano, madurando lentamente para el calor. Cledy alzó la cabeza de la cuna. Alicia abría la puerta y volvía tomada de la mano de su madre, muy contenta.

—Mamá, una sorpresa —decía.— Los abuelos.

Su madre la miraba con una mirada de reencuentro. Había sido mala, se había peleado con el padre, pero ahora, parecían muy amigos los dos. No habían quedado tendidos sobre una calle, ella impúdica, la falda levantada sobre los muslos, el padre con el pantalón roto en las rodillas, la parte delantera de la camisa pegada a la piel de la espalda, siguiendo un camino interior, a través de la carne aplastada. No habían quedado tendidos sobre una calle, al contrario, estaban bien vestidos, con las ropas un poco antiguas, indemnes. Su madre llevaba zapatos negros, de poco taco, y el cabello lacio cortado a ras, sobre la nuca. Avanzaba y ella la miraba con el cariño que había sentido siempre, desde los primeros gestos, oscuros y titubeantes, hasta los juegos más lúcidos de su infancia. Jugaban a los besos, a los cuatro besos: en la barbilla, en la frente, en cada mejilla. Su madre no le contaba cuentos. No sabía simplemente, se perdía en las primeras frases deshilvanadas, pero llenaba los ocios de Cledy, ignorante ella misma de que contaba su cuento de otra manera. A Cledy le gustaba mirarla cuando comía, la forma de limpiar el plato con el pan, su paz y reconocimiento de comer. Y ahora avanzaba hacia ella tomada de la mano de Alicia y estaba enterada de todo lo que había pasado desde su ausencia de muerta, sabía que se había casado y tenía su casa.

Cledy se incorporó con el corazón quebrado de alegría.

—¡Mamá! —dijo. Y la madre: —Cledy.

El padre se quedó atrás, inseguro. Se acercó luego y frotó la nariz de Cledy con un dedo. Cledy comenzó a llorar.

—Son mis hijos —dijo.

¿NO HAY UN ERROR?

Insensiblemente, las comidas del domingo en casa de los padres de Horacio se fueron alargando. El pretexto fue un trozo de jardín que los chicos podían aprovechar, aunque el chalet tenía un terreno más amplio. Horacio se sentía a gusto con los padres, y esto Cledy no podía reprochárselo. Se había afeitado la barba, pero conservaba la costumbre de acariciarse las mejillas, como si añorara los pelos ralos.

Cledy seguía haciendo las compras, preparaba las comidas, un poco más mezquinas ahora porque la familia había crecido y a Horacio lo habían echado del trabajo. Abruptamente y en la peor época de desempleo, prescindieron de sus servicios. ¿Por qué razón? Ninguna en apariencia, por lo menos para Horacio, que era muy cándido cuando se trataba de descifrar las motivaciones de los otros. No se quejó, sólo su gesto de llevar la mano al bolsillo para los gastos de la casa se volvió más y más infrecuente hasta que cesó del todo. La fecha del cheque se había vencido y Horacio concluyó por romperlo en pedacitos que luego arrojó por la ventana. Un gesto heroico que ejecutó con bastante desaliento.

Jueves y sábados, aparte el almuerzo de los domingos, cenaban con los padres de Horacio. El jardín de la casa, raquítico y pavoroso durante el día, se embellecía de noche, bajo el brillo de la luna, y los chicos podían jugar sin peligro, aunque, por lo general, se dormían después de la cena, con menos prisa el chiquito que berreaba un poco antes de hacerlo. Horacio enflaquecía a ojos vistas, era muy orgulloso. Rechazó los ofrecimientos de ayuda, alzando la barbilla debilitada.

—Pero, Horacio —le dijo Alcira, la madre— nos sobra el dinero, ¿por qué no aceptarlo?

Hijo único, de qué servía el dinero, atesorado avaramente a lo largo de una vida, sino para los hijos, o para el hijo único. Nadie le formularía reproches si por su culpa sus padres quedaran en la calle.

Machacó mucho sobre el asunto, el Sr. Perigorde se limitaba a asentir en silencio, bastante mortificado. ¿Por qué esa reticencia infame de alguien tan querido como Horacio? Mío y tuyo, no hay mío y tuyo cuando el amor habla. Tantas comodidades, tanto bienestar, ¿de qué servían? No para gozarlos cuando las dificultades de los otros nos atragantan el pan en la boca.

—¿No es así, Horacio? —decía la Sra. Perigorde, comiendo.

Horacio batalló consigo mismo durante mucho tiempo hasta que un domingo, finalmente, sus escrúpulos se desmoronaron y llevaron a cabo la mudanza. Les cedieron dos cuartos, uno para los chicos, amplio y soleado. El otro era más reducido, pero igualmente cómodo.

—¿Alcanzan? —dijo la Sra. Perigorde con temor, y no se tranquilizó en absoluto porque la cara de Horacio, muy susceptible, se ensombreció contemplando el cuarto que ocuparía con Cledy.

La Sra. Perigorde se mordió los labios, desolada, y Cledy observó el gesto y dijo:

—Es demasiado, señora.

Los cuartos habían sido pintados recientemente y no había manchas de humedad. En la pieza de los chicos, el Sr. Perigorde había pintado torpe, ingenuamente, un Ratón Mickey, las orejas desmesuradas.

Cledy no se opuso a la mudanza. La apenó dejar su casa, adonde un día habían regresado sus padres de la muerte, ¿pero qué podía hacer? Huérfana, sólo esposa y madre, ninguna otra habilidad.

La Sra. Perigorde insistía con tono cariñoso sobre las ventajas, tenían sirvienta. Una negrita hosca que no abría la boca, probablemente por resentimientos de clase, pero que era eficiente, no obstante sus ocasionales aires de gran señora. La negrita cuidaría a los chicos, se encariñaría con ellos. En una de ésas, podrían rebajarle el sueldo.

Se mudaron y en los primeros días recuperaron la antigua felicidad. Horacio desarrugó el ceño, se quedaba en la cama hasta tarde e hicieron el amor más seguido. Después, consideró que había holgazaneado bastante y se levantaba temprano, a leer el diario.

El Sr. Perigorde se molestaba mucho cuando Cledy desocupaba la mesa después de comer.

—¿Por qué te molestás, Cledy? —preguntaba.— Está la sirvienta.

Para eso le pagaban. Pero Cledy se sentía obligada a ayudar.

—No es nada, Sr. Perigorde —decía.

El Sr. Perigorde, cuando Cledy lo llamaba así, Sr. Perigorde, suspiraba profundamente, con pena. Quería que Cledy lo llamara papá. Sabía bien que los padres no pueden sustituirse, un solo par de padres da el destino, pero el amor puede modificar todas las reglas.

—Me harías feliz, Cledy, si me llamaras papá.

Cledy asintió. Los granos del Sr. Perigorde hacía rato que se le habían secado, pero las cascaritas eran muy reacias, no terminaban de caer. Le daba un poco de asco. Además, había envejecido rápidamente, se había venido abajo, como quien dice. ¿Y cómo no? La mala suerte de Horacio en el trabajo, la humillación que el hijo no confesaba, lo llenaban de congoja.

La vejez es un estado melancólico, pensaba el Sr. Perigorde, todo se desgastaba inexorablemente, los seres y las cosas, y uno debía verlo impasible, guardando el propio dolor para no lastimar a los otros. No eran sus arrugas las que le pesaban en el corazón sino las que veía aparecer sobre los rostros que había conocido, en el pasado, limpios de preocupaciones, inocentes de fatigas y desventuras. Ahí estaba la primavera para desmentir cada año el desgaste del tiempo, pero a veces los ojos se ponían cansados, rechazaban el regalo de la naturaleza, y, humanamente, se traspasaba a los seres queridos el deseo imposible.

—Es usted muy bueno —dijo Cledy. —Lo haré —y tendió la mano para recoger el plato del Sr. Perigorde. Comía sopa. Se le habían infectado las encías, que siempre había tenido muy sensibles, demasiado levantadas sobre los dientes, y sólo comía papillas y sopas muy líquidas.

La Sra. Perigorde había salido de compras y Cledy escuchó su voz que la llamaba desde la puerta de calle.

—¡Sí, señora! —respondió, indecisa entre llevar el plato a la cocina o salir a su encuentro.

La Sra. Perigorde apareció con un paquete envuelto para regalo.

—¡Mirá qué te compré! —dijo, contenta, como siempre que podía hacer feliz a la gente.

Abrió el paquete y extrajo un hermoso camisón rosa, con una puntilla blanca entretejida en el escote. Lo sostuvo en el aire, riendo bonachonamente ante el balbuceado agradecimiento de Cledy, quien lo rozó apenas con la punta de los dedos. Nunca había visto nada tan bonito.

El Sr. Perigorde levantó los ojos del diario que estaba leyendo en ese momento, observó fugazmente el regalo, eructó y dijo:

—Ponételo, Cledy.

Cledy sonrió: —Sí, papá. Esta noche.

La Sra. Perigorde escuchó la palabra nueva en boca de Cledy con una sorpresa maravillada. Miró a los dos:

—¿Lo conseguiste, Arturo? —preguntó.
—¿Conseguiste que te llamara papá?
—Sí —dijo el Sr. Perigorde, ruborizado.
—Ponete el camisón, Cledy.

Y Cledy volvió a repetir: —Esta noche, papá.

—Soy tu esposo —dijo el Sr. Perigorde, sin darse cuenta de la equivocación. —Ponételo ahora.

Cledy lo miró, y luego a la Sra. Perigorde, que se sacaba los zapatos, rendida, y sonrió desconcertada:

—¿Mi... mi esposo?

El Sr. Perigorde rió hasta que el dolor de las encías despellejadas le borró la risa, la sonrisa, y aún la boca, y no contestó. Su cara se llenó de vitamina C, agria como el limón.

La Sra. Perigorde preguntó dónde estaba Horacio. Se frotaba los pies y picoteaba los restos de comida sobre la mesa.

Horacio apareció en camiseta, desde el dormitorio: —Acá, mamá.

La Sra. Perigorde se horrorizó de su aspecto de cansado, le reprochó que se deslomara buscando trabajo todo el día, aunque Horacio no había salido. De cualquier forma, la Sra. Perigorde, corazón de madre, intuición segura, no se había equivocado en sus apreciaciones. Horacio se sentía exhausto, sufría mucho el calor.

Se sentó pesadamente y le pidió a Cledy una bebida. Pero la Sra. Perigorde se interpuso, como si Horacio hubiera cometido una falta de tacto:

—No, Cledy. De ninguna manera. Lo sirvo yo.

Se apresuró y llenó una copa con vino y soda. La soda salpicó el mantel y ella se reprochó su torpeza con un mohín aprensivo por la reacción de Horacio. Él se mantuvo serio y ella colocó la copa al alcance de su mano. Permaneció detrás de la silla, descalza, acariciándole los cabellos.

Horacio olió hacia el suelo, los pies de la Sra. Perigorde hedían fuertemente, pero era la madre, ¿cómo decírselo? Además, la veía contenta.

—Mirá qué compré para tu esposa, Horacio.

Horacio miró, la boca suavemente humedecida por el vino con soda. Se puso de buen humor, no obstante sus preocupaciones, sus repetidos fracasos. Miró a Cledy con ternura, sonriente, con un afecto que la Sra. Perigorde recibió con una puñalada de nostalgia. ¿Cuánto hacía que el Sr. Perigorde, Arturo, no la envolvía con un amor semejante? Dios mío, dónde habían quedado las ternuras, en qué rincón del camino de una pareja se pierden para siempre las delicadezas cotidianas, los "por favor" y "te quiero" y "no te molestés", las minucias que permiten sobrellevar la vida.

—¿Te gusta? —dijo Horacio.

—¡Es hermoso! —contestó Cledy. Devolvió

la sonrisa y siguió juntando los platos.

Algo se rebeló en el interior de Horacio, ver a Cledy haciendo la sirvienta lo mortificaba siempre. Con una furia homicida, observó a sus padres para descubrir si de ellos había partido el agravio de una sugerencia, pero se dio cuenta de que no, la mirada de sus padres era levemente reprobadora hacia el trabajo de Cledy, levemente indignada. Entonces le ordenó que abandonara la tarea aberrante.

—Vendrá la sirvienta mañana —dijo la Sra. Perigorde. ¿Por qué esa prisa para desocupar la mesa? ¿Es que los platos lloraban de noche como niños con los pañales sucios? No, se quedaban ahí, en la mesa, con los restos de comida fermentando imperceptiblemente bajo el calor del verano. Pero la sirvienta había desaparecido, desde la mudanza la negrita había hecho mutis por el foro. Los otros parecían no saberlo. La Sra. Perigorde incluso la disculpaba, explicándole a Cledy que la gente era muy informal.

—Son los tiempos —dijo.— No hay que ser tan exigente.

Pero resultaba imposible entrar en la cocina, los platos que había amontonado Cledy otras noches seguían sucios en la pileta, le habían impedido lavarlos, los armarios estaban vacíos de vajilla. El Sr. y la Sra. Perigorde menearon la cabeza con indulgencia, inútil explicarle algo a esta juventud, pensaron al mismo tiempo, con la facilidad de pensamiento que da la vida en común, creen saberlo todo, pero Horacio se sentía muy atormentado.

Repitió el gesto de acariciarse los pelos invisibles de la barba. Lo asaltó un amago de ira que se desvaneció fácilmente. Su amor hacia Cledy era tan grande —¿Dónde tenés los ojos? —preguntó con ternura.

El Sr. Perigorde se levantó y se desperezó como un gato. —Vamos a dormir, Cledy— dijo.

—Buenas noches —dijo Cledy.

La Sra. Perigorde no se movió: —Buenas noches, Cledy.

Ninguno se movió, la miraron atentos. Había algo en el aire... que... Una insinuación imprecisa.

Cledy se limpió las manos en el delantal y se encaminó hacia el dormitorio. Horacio se incorporó también, y se adelantó rápidamente. Se detuvo delante de la puerta, firme, como si se despidiera. La besó en la mejilla. Señaló el dormitorio de sus padres, al que Cledy entraba raramente, salvo para limpiar. No le gustaba, con muebles viejos, una cama de matrimonio, dos mesitas de luz, una de las cuales había abierto una vez, mientras barría, para esconder un par de zapatos del Sr. Perigorde, y donde había encontrado una escupidera llena.

La Sra. Perigorde dijo en ese momento: —Horacio, ¿nos vamos a dormir?

Horacio miró a la madre y dijo: —Sí, Cledy. Es muy lindo el camisón que te compró mamá.

Y la Sra. Perigorde respondió: —Es un ángel.

El Sr. Perigorde estaba junto a Cledy y le tiraba su aliento en la cara. La Sra. Perigorde desplomó su mole sobre Horacio, quien le pasó la mano sobre los hombros. La Sra. Perigorde había tomado el camisón rosa y lo llevaba doblado sobre el brazo, un poco anhelante y tímida, como una novia. Cerraron la puerta del dormitorio.

Cledy miró al Sr. Perigorde, que intentó una sonrisa. Tenía una manchita verde sobre un diente que, mirada de cerca, se descubría que era un resto de verdura de la sopa. El Sr. Perigorde sujetó a Cledy por un brazo, flaco y venido a menos, pero muy fuerte aún.

—Vamos, Cledy —dijo.— Estoy cansado. Muy lindo el camisón que te compró mamá.

NO ME DOBLEGARÁ NINGÚN FRACASO

La experiencia no fue feliz para Cledy. No, de ningún modo podía asegurarse eso. Toda experiencia penosa puede capitalizarse, pero son necesarios la inteligencia, el estoicismo, cierto sobrevuelo superior sobre las propias miserias. A falta de estas condiciones, queda el llanto. Y Cledy lloraba a raudales, la mañana siguiente, mientras juntaba los platos de la noche anterior, sobre la mesa.

Había muchas cosas que escapaban a los alcances de Cledy, no demasiado amplios o flexibles como para superar sus límites. ¿Por qué Horacio no había acudido a su reclamo incesante de ayuda?, se preguntaba Cledy. La mano del Sr. Perigorde, que había usado y abusado de la súplica, primero, pegaba fuerte. Horacio tenía una gran capacidad de comprensión, eso era lo malo (y lo bueno). Había comprendido que no hubiera llegado virgen al matrimonio, sobre todo cuando le explicó lo de la vieja en el dormitorio del Patronato, habían sido dedos, una mano hurgante y poderosa, y no un órgano viril. Pero esto, ¿podría comprenderlo? Y por otra parte, ¿por qué no había acudido en su socorro? Lo había llamado a gritos hasta que la mano del Sr. Perigorde cayó sobre su boca con toda la fuerza de su furia y la silenció.

Cledy había aguantado las lágrimas ante los niños, que ahora jugaban en el jardín, pero concedidos el beso y la sonrisa costosamente fingida, las lágrimas creyeron inicua toda demora, no querían saber nada de esperar, ya hacia la medianoche había debido reabsorberse porque el Sr. Perigorde se había despertado furibundo, fuera de sí, maldiciendo porque le empapaba el colchón. Pero ahora sólo empapaban su cuerpo.

La Sra. Perigorde, despeinada y somnolienta, salió del dormitorio, vestida con su camisón rosa. A través de la puerta entreabierta, Cledy divisó a Horacio, que dormía aún, desnudo, en posición fetal, el pulgar próximo a la comisura de la boca.

La Sra. Perigorde contempló a Cledy un momento, meneó maternalmente la cabeza. Dios mío, pensó, con toda su felicidad hecha añicos, ya a la mañana, tan temprano, el dolor ajeno nos asalta, no nos da respiro. Se acercó y rodeó a Cledy con sus gruesos y blandos brazos.

—Cledy, Cledy —reprochó suavemente. —¿Qué te pasa? ¿Por qué estás llorando?

Vio que los platos se lavaban solos bajo el ímpetu de las lágrimas y esto le dio alegría, una especie de consuelo, pero de tipo inferior, casi doméstico.

Cledy musitaba que había sido tremendo y la Sra. Perigorde la comprendió. Dijo, compasiva, ampliamente tolerante:

—Lo sé, lo sé. ¡Pobrecita mía! Es muy torpe, muy bruto.

Con ella no lo había sido, al contrario. Y la falta de oficio, en ciertos casos, es mejor que el exceso. Se procede con más tiento, por temor a equivocarse. Se atiende menos a las fiorituras y más a lo esencial. Esto había ocurrido con ella, el Sr. Perigorde había cumplido satisfactoriamente, demasiado rápido quizás, pero derecho al objetivo, sin distracciones ni brutalidades. Después había adornado tanto el asunto que una se cansaba de esperar. Y encima, la edad, las penurias a lo largo de los años, ahogan las contemplaciones. Cledy acabaría por comprenderlo. Dejó que llorara sobre sus senos, muy contentos de sentirse libres del yugo del corpiño. Le escocía un pezón mordido y la humedad fresca que estaba sintiendo la confortó un poco, así que prestó su humanidad doliente sin fatiga, sus fuerzas renovadas para apuntalar el dolor ajeno.

El Sr. Perigorde apareció un poco más tarde, ya vestido, con saco y corbata, porque si algo odiaba era el relajamiento en las costumbres, en la vestimenta. La barba de Horacio, por ejemplo, ¡cuántas noches en vela le habían provocado! ¡Su propio hijo, con esa barba roñosa!

El Sr. Perigorde no mostraba buen aspecto. Se había acicalado con esmero, pero los resultados habían sido miserables. Preguntó agresivamente, con ironía que disfrazaba mal una congoja oculta:

—¿Qué hacen? ¿Se consuelan?

La Sra. Perigorde apretó más a Cledy contra su pecho:

—Me apena —dijo.— Es joven, ¿por qué hacerla sufrir, Arturo?

La observación era justa y el Sr. Perigorde la recibió como tal. Se sentó agobiado. Con la uña se escarbó los dientes y, por suerte, desprendió el resto de verdura, cuya presencia también había observado la Sra. Perigorde, pero que, por una cuestión de tacto, no se había atrevido a señalar. La Sra. Perigorde contempló al Sr. Perigorde hundido en la silla, tenía los ojos enrojecidos por la falta de sueño, todo un aspecto de infelicidad muy marcado. Suspiraba profundamente, clavando la barbilla sobre el pecho.

Con cuidado, la Sra. Perigorde apartó a Cledy y se acercó a él. Ya lo veía, ¡ya lo veía! Una nueva hecatombe, o quizás no, un malestar pasajero, un mínimo contratiempo, pero que a esa hora de la mañana adquiría proporciones inmensas. El sueño, que descansa y fatiga, se corta la continuidad, el hilo del movimiento, y cómo cuesta anudarlo después, a la mañana, atarlo prolijamente de nuevo, con nosotros, con los otros.

—¿Qué pasa? —preguntó.

El Sr. Perigorde negó muy hosco que le pasara algo. Orgulloso como Horacio, pensó la Sra. Perigorde y comprendió que él sólo trataba de desviar su atención cuando le reprochó que siguiera en camisón a esa hora de la mañana. Aceptó los reproches, aunque las puteadas eran fuertes, casi con benevolencia, que se desahogara, le haría bien. No era fácil engañarla. Años de práctica constante en el ejercicio de su propia bondad, sin un poco de egoísmo para defenderse. Ese egoísmo tan necesario aún con los que amamos, Horacio y el Sr. Perigorde, cuando uno abre generosamente todas las puertas, suprime rejas y alambres de púas, entra la caballada y pisotea todo. Un elefante en un bazar, así se comportan los otros con uno mismo cuando la cristalería del alma no está suficientemente protegida.

La Sra. Perigorde sacudió al Sr. Perigorde, tratando de que volviera a la realidad: el sol, su presencia amante, la hermosa posibilidad de vivir el día. El Sr. Perigorde estaba tocando el suelo con la frente, cada vez más agobiado.

—¿Qué te pasa? —le preguntó, en el borde inestable, entre la preocupación y la angustia.

El Sr. Perigorde se abrazó a ella. Ah, los hombres, pensó, mientras respondía al abrazo. Como los niños, más desvalidos aún, porque ni siquiera les queda la ignorancia.

El Sr. Perigorde ocultó el rostro en la hendidura de sus pechos, casi ahogándose y confesó:

—¡Qué humillación!

La Sra. Perigorde lanzó un suspiro de alivio.

—¡Ya pasará! —dijo, pero el Sr. Perigorde recibió mal el consuelo.

—¡Ya pasó! —dijo, despectivo.

La Sra. Perigorde se arrodilló a su lado.

—¿Me querés? —le preguntó primero. No tanto por ella que, sin embargo, vivía pendiente de ese amor maravilloso que le habían declarado un día, sino por él. Necesitaba saber cuánto pesaban sus palabras en el ánimo ajeno. Él asintió con una especie de mansedumbre avergonzada y la Sra. Perigorde depositó un beso agradecido sobre su mano. Laboriosamente, eligiendo las palabras para no herirlo, trató de infundirle aliento. Le suplicó que lo intentara otra vez.

—Por mí. Por Horacio.

No quería que él se acobardara innoblemente, e insistió tanto, con sus mejores razones y un convencimiento tan ciego, que finalmente él pareció consolarse y prometió intentarlo nuevamente.

—Vencer o morir —dijo.

Se incorporó tambaleante, pero con restos de su antigua y valerosa hidalguía, y le ordenó a Cledy que retornara al dormitorio.

FIESTA

No todo es tristeza en la vida. Un año después, el Sr. y la Sra. Perigorde resolvieron festejar el aniversario de la vida en común. Tirar la casa por la ventana, los muebles atados para que fueran devueltos. Compraron masas y sandwiches, no bebidas porque eran abstemios, y Cledy limpió la casa. Todos estaban contentos. Incluso los chicos festejaban por su lado, habían ido a un cumpleaños a casa de una vecina.

La Sra. Perigorde, moviéndose como una mariposa, arreglaba flores en los jarrones. Lo único que enturbiaba un poco su dicha era que el Sr. Perigorde seguía actuando sin éxito, cada mañana ella tenía que secarle las lágrimas, lloraba mucho, quizás Cledy lo había contagiado con su manía.

Sonó el timbre de la calle y el Sr. Perigorde, que últimamente había tomado la costumbre de llorar también de tarde, se secó las lágrimas rápidamente. Sin embargo, ella esperó un rato antes de abrir. No quería que los otros descubrieran sus lágrimas, sospecharan, siquiera, su rastro salino, era su hombre, las pequeñas debilidades, las flaquezas y miserias: entre los dos. Complicidad. Eso era el amor. Ya lo había dicho alguien.

Consolado, exteriormente, al menos, el Sr. Perigorde alzó la cabeza. La Sra. Perigorde andaba en camisón, el rosa se había gastado y ahora usaba permanentemente, hasta que cayera en jirones por la mugre y el uso, según era su costumbre, uno blanco, con pequeñas flores lilas.

La Sra. Perigorde observó la mirada reprobadora de su marido y lo tranquilizó:

—Parece un traje de fiesta —dijo, y le sonrió, dándole ánimos.

Sólo tenía una semana de uso, apenas si despedía un olor entre agrio y dulzón, que podía tomarse por almizcle.

Cuando abrió la puerta, los amigos, que habían llegado en grupo, todos juntos, estaban apelotonados contra la puerta y le cayeron encima. Había un veterinario, un militar y un abogado. El resto era gente inferior.

La Sra. Perigorde se desembarazó de ellos tratando de que no se borrara su gesto de bienvenida y abrazó a todos, sin distinción, porque era muy igualitaria. Horacio tendió su mano, el Sr. Perigorde se mantuvo erguido al lado de su silla, muy discreto, un poco imponente con su aire de viejo fino. Se sentía bien. Las encías, como antes los granos, habían terminado por curarse. Se le acercaron, bajando inconscientemente la voz, modulándola con apreciable empeño. El Sr. Perigorde los saludó, amable, pero lejano. Con un ademán elegante, el brazo rígido, les señaló las sillas.

La Sra. Perigorde golpeó las manos y

Cledy se presentó trayendo el té y los platos con masas y sandwiches. Masticaron velozmente al principio, como si jugaran una carrera, pero luego el ritmo se volvió más decente, disminuyó hasta volverse aristocrático.

La Sra. Perigorde, mientras atendía a los invitados, cuidando de que la conversación no decayera, observaba con el rabillo del ojo al Sr. Perigorde que, de pronto, parecía muy abatido. Temió un ataque de llanto y desenfundó su sonrisa animosa, ésa que cada vez le costaba menos con tanta práctica. Pero el Sr. Perigorde observaba al veterinario, que había comido con envidiable apetito y que tenía la boca abierta, momentáneamente vacía. Sin educación, el veterinario movía la lengua y los labios por todos los recovecos para recoger saliva, pero conservaba intacta, o imbebida, su taza de té. La mantenía, sujeto el platillo con las manos, sobre las rodillas, el busto erguido, y la observaba fijamente, con expresión desconsolada.

El Sr. Perigorde concluyó por preguntarle: —¿Qué ocurre? ¿Deprimido?

El veterinario sonrió, inseguro: —No, señor Perigorde.

En este punto, las conversaciones cesaron. El militar, que no había ido de uniforme y que se sentía desnudo, aunque el traje que vestía era de buen corte, depositó tan marcialmente su taza sobre el platillo que la rompió y se empapó los pantalones. Se los empapó porque, dado su rango, le habían ofrecido una taza grande, una especie de cazuela. El abogado masticó y tragó. No volvió a morder su sandwich para no distraer su expectativa. La gente inferior no interesa. Sus actitudes, aunque produzcan ruido, carecen de importancia.

El veterinario, que de manera tan insólita había llamado la atención, sonrió, visiblemente turbado.

La Sra. Perigorde rompió el silencio, amable: —Tome su té.

El veterinario levantó la taza, miró el contenido como si esperara encontrar moscas. La apartó luego, lentamente. Se disculpó, no tenía ganas.

—¿Pero por qué? —preguntó, solícita, la Sra. Perigorde. —¿No está caliente?

Pero el veterinario dijo que el té le provocaba acidez, lo cual, evidentemente, era una excusa. Se produjo una pausa de incomodidad general, la mentira era obvia, pero Horacio salvó el malestar de todos, era un caballero.

—Désela a Cledy —propuso.

Les faltaba una taza, así que el rechazo, aunque incomprensible, les venía bien.

—¡Cledy! —llamó, y Cledy, que estaba en la cocina, apareció en el umbral, saludando tímidamente con una inclinación de cabeza. La habían tomado por la sirvienta, y al darse cuenta, todos trataron de enmendar el error y borrarlo, saludando afectuosamente, salvo el militar, a quien la disciplina se lo impedía.

—¡Cledy, tu té!

Y el veterinario le tendió la taza, con prisa y alivio desmesurados. Horacio lo invitó con una bebida sin alcohol, pero el veterinario rechazó el ofrecimiento, aunque la voz le sonaba como lija, de tan sedienta.

—Tu té, Cledy —dijo Horacio.

Lentamente, Cledy llevó la taza a la boca. No descubrieron si había bebido un sorbo o no, porque la apartó en seguida.

—Tomalo, Cledy. Está caliente.

—No. Está frío.

Pero la observación molestó a Horacio. Últimamente, su carácter había empeorado. Bruscas cóleras lo devoraban por cualquier minucia: un cabello humano en la sopa de cabellos de ángel, sus zapatos sin lustrar. Pero no que fuera malo, no, esto lo sabía Cledy, a quien Horacio solía hablar a veces. Se encontraban accidentalmente en la cocina, detrás o abajo de la mesa, y Horacio la consolaba sin palabras, apretándola fuertemente contra su pecho. Por pudor, ocultaba a sus padres estos encuentros nocturnos donde no había nada de sospechoso o equívoco, sólo la pena, una incomprensión mutua por la pena.

El carácter de la gente no es uniforme. Los traumas marcan sorpresivamente los gestos y ahora Horacio se manifestaba exageradamente ultrajado por el rechazo de Cledy. Descargaba sus impotencias.

—¡Es reciente! —dijo, feroz.

Pero Cledy mostró una firmeza inesperada. ¿Quién lo diría?, se sorprendió la Sra. Perigorde, a quien la pasividad de Cledy reventaba un poco. Si ella sacudiera su apatía, manifestara mayor dosis de entusiasmo y pusiera en movimiento el mecanismo de la seducción, el Sr. Perigorde no se vería obligado a llorar tanto sus fracasos. Después de todo, ¿qué pretendía, huérfana y expósita? Imposible mejor partido. Su marido no era una basura, consideró la Sra. Perigorde con resentimiento, y se alzó a medias sobre su silla, con la esperanza de un cambio iluminándole los ojos.

—No quiero —dijo Cledy, abandonando la taza sobre la mesa.

La gente inferior prorrumpió en gritos, y la Sra. Perigorde se prometió que para otra fiesta sólo invitaría a gente con título.

—¡Cledy se resiste! —gritaron.— ¡Cledy se resiste!

A Horacio no le gustó la broma. Cledy era su mujer. Se acercó a ella, ahora tierno y convincente. Cambiaba de humor como una veleta que gira a todos los vientos.

—Mi amor, tomalo —dijo.

Se sintió mortalmente herido, culpable. Si hubieran permanecido en la casita blanca, solos los dos, con los niños y un trabajo estable, no sucederían estas cosas. Escapaban a su control y sufrían los inocentes.

Cledy se llevó la mano a la boca.

—No puedo —dijo débilmente.— Me da asco.

Horacio atendió sus razones. Y por otra parte, la familia primero. Si de algo sirve querer, es para asumir las arbitrariedades y defectos de los que amamos. Recogió la taza sobre la mesa y se volvió hacia el veterinario:

—Tómelo usted —dijo brutalmente, y la Sra. Perigorde, madre al fin, se alegró de su carácter. No había engendrado a un timorato, a un débil de espíritu.

—¡Me tiene podrido!

—¡Bravo, Horacio! —aprobó.

El veterinario se levantó rápidamente, volteó su silla, que un comedido puso de nuevo en su lugar.

—¡No! —se resistió en un grito.— ¡Que lo tome ella!

El militar, muy alterado por la falta de autoridad y el vacío de poder, se sirvió un sandwich y se lo comió marcialmente, de un bocado. El sandwich hizo ¡pum! y le cayó como una bomba en el estómago. Cayó ahí mismo, redondo al suelo, pero sin un gemido. Tuvo tiempo de decir: —¡Viva la Patria! —y fue ascendido post-mortem.

Los otros lo miraron en el suelo, pero no tenían mucha práctica en hábitos marciales y no sabían qué actitud resultaría más oportuna. Se limitaron a seguir comiendo, con gestos casi pudorosos para que no se interrumpiera la solemnidad de la muerte, muy educados.

Horacio afirmó que se le había antojado que el veterinario tomara el té, y subrayó claramente las palabras. Era su invitado, al fin y al cabo. Le debía una elemental gentileza, lo había recibido en casa de sus padres, que era como decir su propia casa, le pertenecía por derecho de habitación y posesión, y no toleraría impertinencias. Pero el otro no atendía razones, se dirigió hacia la puerta. Uno de raza inferior le hizo una zancadilla y cayó redondo al suelo, no en una linda pose, como el militar, sino doblado sobre las rodillas, con el culo para arriba.

El Sr. Perigorde impuso orden. Le gustaba divertirse, pero ya estaban colmando la medida.

—¡Horacio! —gritó.— No molestés.

Los invitados ayudaron al veterinario, que se levantó, sacudiéndose la ropa y diciendo:

—¡Qué casa sucia!

Se había llenado el traje de manchas. Había elegido el peor lugar para caerse, porque el otro, el marcial, tenía el traje impoluto.

No hay como ser civil para ser roña, pensó el Sr. Perigorde, y se dirigió a la Sra. Perigorde:

—¡Alcira! —dijo, y ella lo escuchó regocijada, porque pocas veces le decía Alcira. —¡Otra taza!

La Sra. Perigorde se encaminó a la cocina, telegrafiando una mirada de odio hacia Cledy, no era una sirvienta, no era "ella" la sirvienta, por supuesto, y regresó con un jarrito porque taza no había. Estaba limpio, sólo, hacía tiempo, alguien con la boca pintada había bebido y la huella persistía aún, reacia a los detergentes. Sirvió té de la tetera y le tendió el jarrito, sin plato esta vez, al veterinario. Este lo sujetó y lo hizo girar para que sus labios no tocaran la huella ajena. La

Sra. Perigorde pensó si no sería maricón, era una boca de mujer, después de todo.

El veterinario se acercó el jarro a los labios, entre asustado y desconfiado. Olió y se tranquilizó al instante. Lo vació de un golpe, sediento.

—Lo tomé todo —dijo, como un niño, feliz.

La Sra. Perigorde preguntó: —¿Era té?— ¡Pero si sus propias manos lo habían preparado! ¡Qué distraída era!

El Sr. Perigorde había estado juntando furia con toda esta escena inverosímil.

—¡Cledy! —llamó.

—Dejala, Arturo. No te ensañés.

Pero el Sr. Perigorde tenía tal cólera que los intentos de los otros por disminuírla lo llevaban al shock.

—¿Pero es que nosotros no tomamos nuestro té? Todos lo tomamos. ¿Por qué no ella? ¡Que tome el té!

Horacio miró a su padre con piedad. ¡Qué viejo estaba! Cuando uno llega a este doloroso punto, el padre de mi padre, el corazón se llena de melancolía, de una pena intensa que, sin embargo, por piedad hacia el otro, no puede mostrarse. Caminaban por una calle y el Sr. Perigorde, vacilante y acometido por sacudidas sin fin, tendía el brazo en los cruces para detener a Horacio, fijado niño en su retina, aunque el mayor número de posibilidades determinaba que él podría perder pie fácilmente y los autos pasarle por encima, como si fuera el pavimento.

Horacio se dejaba proteger, atento a los

tropezones del viejo, y se mantenía a su zaga, con el rostro tierno y acongojado.

—Cuidado, Horacio —le decía el Sr. Perigorde, agitando la valla de su brazo tembloroso, todo el cuerpo luchando por mantener la serenidad, la apostura, el equilibrio.

Y él asentía dócilmente: —Sí, papá —y se mostraba agradecido.

Cruzaban y recibía luego, como una herida, la sonrisa esplendente del Sr. Perigorde que coronaba la hazaña. Ansioso de algo firme, el Sr. Perigorde se apoyaba sobre Horacio en cualquier lado, hundiéndole los dedos en los ojos, los codos en las costillas, mortificándole la carne, los testículos, porque el aire se negaba a meterse en sus pulmones. Boqueaba sin desventura: seguía creyendo que los otros dependían de él, que su presencia era importante en el universo, su hijo lo necesitaba.

La piedad roía a Horacio. Uno siempre juega al niño con los padres, aunque tenga una momia en su interior y la nostalgia nos marque inexorablemente. Desvió la vista y se acercó a Cledy.

—Hacele caso a papá —dijo.— ¿Qué te cuesta?

Cledy se volvió hacia la Sra. Perigorde en busca de ayuda.

—¡Señora!

Y la Sra. Perigorde dijo, con visible afecto:

—¡Cledy! ¡Criatura!

Horacio alzó la taza y la aproximó a la boca de Cledy.

—Tomalo —dijo.

Pero insólitamente, sin abarcar las consecuencias de su torpe arrebato, Cledy levantó la mano y la taza voló por el aire.

El Sr. Perigorde sintió que las encías le ardían y disimuladamente las tanteó con el dedo, practicó todo el recorrido, hasta las amígdalas. Sangraban. Esto lo enfureció más.

Los invitados olían con las narices fruncidas. Suerte que el militar estaba muerto, sino, quién sabe lo que hubiera pasado. La ley marcial, el estado de sitio, ejecuciones en masa, cualquier cosa. El reglamento lo preveía todo: ¡semejante acto de indisciplina! Saltaron rápidamente para que no los alcanzara el líquido.

El Sr. Perigorde fue inflexible:

—Horacio, servile otra taza.

Horacio negó, como reconociendo una impotencia:

—No puedo, papá.

El abogado se levantó entonces, hacía rato que se sentía colmado, y dijo gentilmente:

—Voy yo, permiso.

Tomó la taza y se encaminó hacia la cocina. La Sra. Perigorde constató emocionada:

—¡Qué amable!

No tuvieron que esperar mucho. El abogado regresó en seguida, trayendo con gran cuidado la taza llena hasta los bordes. Humeaba.

—Quema —dijo.

Se dirigió, afable, a Cledy, ofreciéndole la taza:

—Señora Cledy.

Cledy hubiera podido conmoverse, la llamaban señora, pero parecía insensible a los halagos.

—No —dijo firmemente.

Alguien se levantó, muy incómodo, diciendo que era hora de irse. La Sra. Perigorde sentía que la reunión fracasaba. Habían gastado mucho, ¿para qué? Y lo peor, no era el despilfarro del dinero lo grave y substancial, sino la decepción. Tantas esperanzas depositadas cuando nace alguien, por ejemplo, ¿y para qué? No pensaba en Horacio naturalmente, sino en el Sr. Perigorde que había sido una promesa. Cuando el desencanto franquea un pozo de ilusión, parece más hondo, más oscuro, se transforma en amargura. ¿Por qué le hacían esto? ¡Había esperado tanto de esta fiesta!

Cledy señaló al veterinario:

—Que lo tome él.

Esto se le antojó a muchos una salida, sonrieron con manifiesto alivio, algunos incluso aprobaron la idea como factible o razonable.

Pero el veterinario se enfureció:

—¡Yo no quiero! ¡Ramera!

La Sra. Perigorde lanzó un grito ahogado. Nunca había escuchado la palabra, pero suponía que era una ofensa. Un invitado repitió, clara y lentamente:

—Dijo ra-me-ra.

Y por el tono, la Sra. Perigorde comprendió que debía ser una palabra fatal.

—A mi mujer —terció Horacio, verde co-

mo si se le hubiera desparramado la bilis.
—A mi legítima mujer —repitió.

Todos se incorporaron, alrededor de la mesa. Sin darse cuenta, en la consternación del momento, pisotearon al militar, al que le desfiguraron la cara.

Cledy se asustó por la amenaza que leía en todos los rostros, por eso que ella había desencadenado impremeditadamente.

—No es nada —dijo, muy rápido.— No dijo nada. Fue sin querer.

¡A buena hora se le ocurría opinar!, pensó la Sra. Perigorde. Horacio no apartaba la mirada del rostro blanco del veterinario.

—Sí. Dijo. Pídale disculpas.

El veterinario, con gruesas gotas de sudor resbalándole por las mejillas, murmuró:

—Discúlpeme —y hasta torció el busto en dirección a Cledy.

Horacio la rodeó con sus brazos, le dio a elegir. Si se le antojaba, podía negarse y rechazar las excusas. Si todos aceptan lavar las ofensas fácilmente, no hay honor. Ciertas cicatrices, es mejor conservarlas. Es como el olvido. Cada muerte injusta que uno olvida, cava la fosa de nuestra propia muerte.

Pero Cledy no conocía el resentimiento.

—No, no, está bien —se apresuró a responder.— Fue sin querer. Lo disculpo.

Un suspiro unánime se escapó de todos los pechos, se sentaron, nuevamente dispuestos a continuar la farra.

—¡Somos todos felices! —dijeron alegremente.

Masticaron con renovada gula un momento, silenciosos. La Sra. Perigorde quebró el silencio, un poco inoportuna, es cierto, diciendo al veterinario, amablemente:

—Tome su té. Se enfría.

El veterinario se puso de todos los colores, tan harto de que lo tomaran de punto que gritó, sin miedo esta vez:

—¡No lo tomo! ¡Yo no tomo el pis de nadie!

La Sra. Perigorde aceptó en seguida, para que no se armara otra:

—Déjelo, si no quiere.

El Sr. Perigorde dijo:

—Tomalo vos, Cledy.

Cledy abrió los ojos desmesuradamente y dijo:

—¡No! ¡Empieza otra vez! ¡No!

La Sra. Perigorde se maldijo por haber empañado tan irreflexivamente su fiesta, ¿quién sabe lo que sucedería ahora? Pero el Sr. Perigorde envejecía a ojos vistas, con una velocidad supersónica. Aceptó mansamente, lagrimeando:

—Está bien.

El aire se distendió. Todos los invitados gritaron, contentos:

—¡Ellos no beben el pis de nadie! ¡Ellos no beben el pis de nadie!

Se abrazaron, alborozados, festejando que las nubes de tormenta corrieran presurosas y ligeras para otra parte. Sólo la Sra. Perigorde sufría un poco al ver tan disminuído al Sr. Perigorde y, por otro lado, en la algazara, pisoteaban cada vez más al militar y después mancharon todo con los zapatos, de tal manera, que a la mañana siguiente iba a ser una lucha limpiar el piso. Había estado encerado y brillante y ahora se había transformado en un chiquero. Pero, por suerte, estaba Cledy y la fiesta no había resultado un fracaso. Lo gastado, bien gastado estaba, concluyó con alivio, y delicadamente, levantó del suelo una pestaña del militar, las usaba postizas, el muy canalla, y se la pegó sobre un ojo. Se inclinó luego, nuevamente, para buscar la otra y formar el par.

EL OTRO SOY YO

Algo pasaba con los niños. Cada vez se parecían menos a ellos mismos, crecían, quizás sólo era eso.

El Sr. Perigorde solía leer en voz alta, mascullando, enredándose con una frecuencia fastidiosa, la lengua no le obedecía, las noticias de los diarios. Leía las más espeluznantes en dirección a Cledy, con una suerte de alegría, cariñoso, para que apreciara la íntima felicidad del hogar.

—En cualquier momento, estalla —decía, refiriéndose al mundo. ¿Y qué iba a salvarse, entonces? Pocas cosas, los niños, algún arbolito, los insectos.

El Sr. Perigorde odiaba las lágrimas, no obstante su propia costumbre de llorar, y Cledy se cuidaba de hacerlo en su presencia. Sus manos (las del Sr. Perigorde) habían dejado de ser fuertes, pero apoyada en la silla, a los pies de la cama, al lado de la pileta o del inodoro, etc., siempre al alcance de sus débiles manos, tenía una gruesa vara que Horacio había traído de la calle y que el Sr. Perigorde usaba a veces, con motivo o sin motivo, un poco infantilmente porque entraba obviamente en la senilidad.

Como compensación, de noche se hundía

en un sueño pesado, tan profundo como la muerte. Roncaba con la boca abierta, llevando aire para sus pobres pulmones encogidos, los pelos del pecho escasos, pero blancos y ensortijados.

Durante media hora, Cledy escrutó vanamente señales de vigilia en el rostro pacífico del Sr. Perigorde, y luego abandonó la cama. Depositó con precaución sus pies descalzos sobre el piso, lamentando que el calzado defectuoso le hubiera sacado callos en la planta, eran duros como el hierro y producían un rechinamiento ofensivo. Pero el reposo del Sr. Perigorde, duro de oído, no se turbó. Él era como los niños, entrado en el sueño, no encontraba fácilmente la salida. Se volvió hacia la pared, abrazando la almohada.

Cledy se dirigió al cuarto de sus hijos. De noche, dormidos, recuperaban los rasgos de la infancia, mejillas redondas y tersas, ojos vírgenes bajo las cuencas. No sabían nada, inocentes en la carne y en los gestos inmóviles de la carne dormida.

Los miró un rato y se encaminó a la cocina, segura y deliberada en el camino recorrido a tientas. Se agachó bajo la mesa y con una voluntad que traía de antes, premeditadamente dispuesta, casi sin pena al principio, comenzó a llorar. Se le ocurría que la tristeza se iba con las lágrimas, la parte más aguda se alejaba, como un río que nos empapa los pies, está junto a nosotros y corre, corre lejos, hasta secarse en algún lado o hasta tirarse de cabeza en un océano, como en un suicidio.

Horacio entró en la cocina y encendió la luz. La apagó en seguida. Estaba descalzo, con un pijama cerrado hasta el cuello, porque, desde que dormía con la madre, había renunciado a la desnudez. Prejuicios, lo sabía. No se avergonzaba de su cuerpo, pero los hábitos adquiridos con la educación, impuestos por el medio, subsistían, muy fuertes. Muchas noches acudía al lado de Cledy y la consolaba. Dulcemente, la apretó contra su pecho.

—Papá y mamá son buenos. Yo soy bueno.

Decía esto con mucha tristeza, él también. No todo tenía explicación.

Cledy trató de mirarle la cara. Por la ventana sin cortinas entraba un rayo de luna, venía de tan lejos, blanco y fatigado, que no iluminaba como es debido, lo intentaba tan solo.

Horacio se sentó en el suelo, bajo la mesa, tomando la mano de Cledy entre las suyas. De noche, le crecían en la cara unos pelos ralos. Mecánicamente, llevaba la mano de Cledy, muy estropeada, hasta sus pelos y se los hacía acariciar.

Hablaban en un murmullo para no despertar a la madre que tenía el sueño liviano dentro del cuerpo poderoso. Horacio trataba de que Cledy no se desanimara demasiado.

—¿Por qué llorás, Cledy? —le preguntaba.

A sus tímidas protestas, llanto, objeciones balbuceadas, respondía Horacio con generalidades. No eran generalidades abstractas, nacían de su carne, de sus sentimientos, de su pasado. Intuitivamente, sabía que la condición humana tiene su carga de esclavitud y espanto, y ellos, en cierta forma, no se podían quejar. Los protegía un techo, se alimentaban, compartían la alegría de los hijos, sanos e inteligentes, y en su caso, Horacio lo advertía y comprendía la diferencia de estado de ánimo de Cledy, el tronco que lo había engendrado vivía aún. Por eso, renunciaba a explicar cada circunstancia cotidiana, hecho imposible que entorpecería la vida (porque cada circunstancia obedecía a una maraña de porqués y cómos, causas y consecuencias) y sólo le pedía a Cledy, tiempo, paciencia.

El tiempo y la paciencia, decía Horacio desconociendo su propia sensación de frustración y tristeza, venciéndola, empujándola hacia la aceptación, lo arreglan todo. No hay que forzar, sino vivir pacientemente, un poco como los animales. La sabiduría de las vacas, por ejemplo, que rumian en el campo, comen el pasto no demasiado verde, gozan lo que tienen, no pretenden más. Aún en el matadero, y antes, en los bretes y en el asfixiante y sediento viaje en los camiones pisoteando los propios excrementos, ¿quién podría quitarles los días pasados bajo el sol?, la apacibilidad de los ojos, mirando sin ver los autos en las carreteras, el mundo deslizándose afuera, enloquecido, el bolo de pasto masticado mil veces, devuelto a la boca avaramente, como con un sentido de riqueza precaria.

Cledy lloraba, sin entender demasiado, pero Horacio era tan convincente.

¿Por qué lloraba tanto?, se preguntaba Horacio sin formular reproches. Dormían separados y, sin embargo, estaban juntos, se veían todos los días, habían engendrado hijos. Horacio había plantado un árbol una vez, en el jardín de la casita blanca, un ciruelo que se olvidó de regar y se secó al poco tiempo, y ahora sólo le faltaba un libro. Vida cumplida, no obstante los sinsabores. Las decisiones dependen de los otros, no por comodidad sino por ley. Y las leyes nacían de las necesidades. ¿Es qué él podría rechazar las necesidades de su padre o de su madre? Quizás Cledy era demasiado joven para comprender, demasiado vigor en su egoísmo impulsivo, en cambio, sus hijos comprenderían todo, Horacio no se explicaba muy bien cómo, pero tenía esta certeza.

Horacio le secaba las lágrimas a Cledy, apretándola contra su pecho. Se quedaron mucho tiempo, charlando bajo la mesa. En un momento, Cledy dejó de llorar y se durmió. Corría de un lado a otro todo el día, y ahí estaban las consecuencias, incapaz de aprovechar las compensaciones de la vida. Desaprovechaba las enseñanzas con el sueño.

Horacio oyó ruido en la habitación de la madre. Apoyó a Cledy dormida, contra la pata de la mesa, y se marchó mansamente. Le pareció que lo llamaban.

La luz del amanecer despertó a Cledy. Todavía le correspondía media hora de sueño e imprudentemente retornó al dormitorio, oscurecida su razón por el frío y la dureza de las baldosas. La pata de la mesa se le había incrustado en la espalda. Es singular los riesgos que afronta la gente en nombre de la molicie.

El Sr. Perigorde no se había movido, dormía con un sueño tan pesado y ansioso como si lo hubiera precedido una noche insomne.

Cledy lo observó atenta y se acostó luego, en el borde opuesto de la cama, desafiando casi el precipicio del suelo. Había apoyado la cabeza en el colchón, no tenía almohada, cuando el Sr. Perigorde se sentó bruscamente, despierto, con todos sus sentidos.

—¡Puta! —dijo brevemente.

¿Es que él se merecía esto?, se preguntó. ¿Engañarlo con su propio hijo? Ya no comprendía nada del mundo. Era una gran bola de injusticias, y ésta era la medida individual. Si nuestra casa no es limpia, el mundo será un estercolero. Y para colmo, concluyó, no podía penetrarla. El pujante cañón de antaño apuntaba imperturbable hacia el suelo, insensible a los contactos, a las lisonjas mentales, a las amenazas.

Cuando uno castiga a otro, pensaba el Sr. Perigorde, se castiga a sí mismo. Disparo un arma y cae ese otro, pero es mentira, soy yo el que caigo. El otro está muerto, devorado por los gusanos, pero es él el que camina con la carne intacta, pisa el pasto, ve los semáforos y las calles, hace el amor, mientras yo permanezco en la tumba, me ennegrezco lentamente sin que me queme el sol. Pegados al otro por razón o sinrazón de fraternidad, de semejanza. No hay rey ni lacayo, torturado ni torturador. Un solo hombre, pensaba el Sr. Perigorde justamente, procreándose automáticamente a sí mismo sobre la tierra, no tendría sentido. ¡Ay!, la carne ajena tan pegada a la nuestra que cada ignominia nos mancha. Duro de soportar. Pero también estaban las compensaciones, y recordó su alegría cuando se casó Horacio, disfrutó como en su propio casamiento. Sólo tuvo que esperar un poco para que el matrimonio se transformara en realidad. No merecía esta afrenta ahora, y menos en su propia casa, los cuernos en su propia frente.

Durante un rato, el Sr. Perigorde meditó esto profunda, dolorosamente, tanto tiempo que Cledy se durmió, incrédula de su absolución, pero rendida.

El Sr. Perigorde intentó percibir, con las narices muy abiertas, algún signo, deslizó la cabeza entre las piernas de Cledy, pero ni aún sus narices eran las de antaño, no olía nada particularmente revelador. Consideró que ya había concedido un tiempo prudencial a la especulación, nadie podría acusarlo de arbitrario, se arrastró hasta los pies de la cama y recogió la vara.

—¡Cledy! —llamó, en voz baja para no despertar a los otros, y cuando Cledy abrió los ojos, turbios y agotados por el placer culpable, la molió a golpes.

Dios mío, pensó el Sr. Perigorde, a veces era necesaria la crueldad. Su carencia lo desprotegía. La había llamado, incapaz de castigar a alguien indefenso en el sopor del sueño, y ahora pagaba las consecuencias. Esos ojos que lo miraban, insolentes e impúdicos, lo enfrentaban crudamente con lo que hubiera preferido ignorar. Un poco de pudor, rogó desde el fondo de su alma, y apartó la vista de los ojos de Cledy que ya no lo miraban, por otra parte, ocupada la infame en resguardarse la cabeza con los brazos.

—¡Puta! ¡Puta! —decía el Sr. Perigorde con una tristeza inmensa. Sentía que procedía justamente, la justicia no da opción, pero como los guardianes que matan a sus prisioneros, no contento, no se podía sentir contento. Esta maldita condición humana, pensó, cambiando el garrote a la otra mano, no tan eficiente como la derecha, pero qué iba a hacerle, se le había acalambrado.

Arrojó a Cledy fuera de la cama y se estiró en el hueco del colchón, exactamente en el centro, a medias consolado. Yo soy otro, pensó, y alguna vez que fuera para bien. Sus huesos entorpecidos por el reumatismo, le agradecían la dureza del piso, y hasta ser el otro tenía sus ventajas: los huesos molidos de Cledy, el brazo astillado en varias partes, le agradecían el colchón.

Así era la balanza de la vida, ciega, resarciendo a quien no lo merecía. Algún loco había establecido el desequilibrio natural desde el origen, y sólo alguien más loco podría pensar en subsanarlo. Y sin embargo, él lo había intentado. Y el fracaso era la respuesta.

Los otros responden mal a nuestro apetito de justicia, de salud, de honestidad. ¿Pero el otro no era yo? Acá dejó de reflexionar porque percibió que se embrollaba un poco. Por lo demás, empezaba a sufrir la comodidad de Cledy. Le dolían los huesos después del primer contacto de alivio sobre la amplitud y frescura del colchón.

—¡Fuera, puta! ¡A la cocina! —ordenó, porque la presencia de Cledy le resultaba insoportable.

Cledy, desplomada como un fardo, no obedeció al instante y, por un fugaz momento, las esperanzas renacieron en el Sr. Perigorde, incierto sobre la actitud que ella adoptaría. Oh, si corriera hacia sus brazos, se le prendiera al cuello (y a otras partes), si por fin el entusiasmo, el arrepentimiento y la devoción conmovieran su virilidad dormida. Qué alegría la de la Sra. Perigorde a la mañana siguiente. —Lo conseguí, Alcira —diría, con magnífica sencillez, los ojos secos.

El Sr. Perigorde se inclinó hacia Cledy. —¿Cledy? —dijo dulcemente.

Pero aquí también lo decepcionó. Cledy se levantó del suelo, recogiendo las astillas del hueso en la mano, la vara del Sr. Perigorde revoloteaba sobre su cabeza, y se marchó egoístamente.

Ahora sí, estoy solo, el otro está muerto para mi pena, pensó el Sr. Perigorde, y, muy apesadumbrado, apoyó el rostro contra la almohada y comenzó a llorar.

EL REGRESO

Horacio tomaba el desayuno que le servía Cledy y por motivos obvios de delicadeza no formuló observación alguna sobre la cara amoratada que ella tenía ni tampoco sobre el brazo astillado, protegido con maderitas, que le arrancaba a cada movimiento lágrimas de sangre, gemidos no.

La Sra. Perigorde salió del dormitorio con un nuevo camisón, níveo esta vez, y los contempló con una sonrisa generosa. Algo debía haber oído la noche anterior porque comentó, sentándose frente a su desayuno:

—¡Tórtolos! ¡Todavía en plena luna de miel!

Horacio sonrió modosamente, bajando los ojos, y no contestó. Se oyó la voz del Sr. Perigorde, muy agria:

—¿Dónde está mi mujer? ¡Cledy!

Cledy corrió al llamado. La Sra. Perigorde observó:

—¡Qué maravilla! Es un encanto, ¿no, Horacio?

—Sí, mamá —dijo Horacio, a quien los elogios a su mujer ponían levemente incómodo, aunque los agradecía profundamente.

El Sr. Perigorde estaba sentado en la cama, tomando su leche, mojaba el pan para que le resultara más blando. Se limpió la boca con el dorso de la mano y tendió la bandeja hacia Cledy.

—Te olvidaste la servilleta —reprochó sin acritud. Y cuando Cledy recogía la bandeja y los restos de pan desparramados sobre la cama, la detuvo por un brazo.

—¿Cómo estás, hijita? —le preguntó, muy tierno.

Horacio y la Sra. Perigorde aparecieron en la puerta. —El primer beso debe ser mío— solía decir la Sra. Perigorde y se abalanzaba hacia la cama. Lo repitió esta vez y corrió hacia el Sr. Perigorde, lo besó en la cabeza, como a los niños, por afecto, pero también porque ningún lugar de la cara le parecía gratificante.

Lo ayudó a vestirse y le vio los ojos enrojecidos.

—¿Otra vez llorando? —le preguntó, solícita, pero no tan inquieta porque ya se había acostumbrado.

Se sentaron todos juntos en el living, mientras Cledy desocupaba la mesa del desayuno, bebiéndose a hurtadillas el resto de las tazas. El vaso del Sr. Perigorde venció su gula, el pan se había disgregado en el fondo y había formado una especie de pasta gomosa con la leche. El Sr. Perigorde tenía hábitos propios de su edad, solía escupir mucho, y Cledy alejó el vaso de su boca y lo metió bajo el agua de la canilla. No la observaban. Con razón, a la Sra. Perigorde la reventaba el despilfarro.

Sonó un silbido y Cledy corrió al living. Todos sonreían, hasta el Sr. Perigorde, tan malhumorado siempre. Ahora tenía un motivo justificado, los cuernos y etc., pero incapaz de resentimientos prolongados, sonreía, bondadoso. Sólo con Horacio se mostraba un poco distante, y Horacio no comprendía. En dos o tres ocasiones intentó iniciar conversación con el padre, inútilmente.

—Sí, sí —respondía a todo el Sr. Perigorde, concediéndole la razón como a los locos. Incluso aprobaba, con enfadosa prisa, los despropósitos más enormes de Horacio que, aunque inquieto, se envalentonaba y lanzaba uno peor que otro. No soy un santo, pensaba el Sr. Perigorde, pero no quiso abochornarlo y se guardó sus motivos. Unió su sonrisa a la del grupo, evitando cuidadosamente mirar a Horacio en los ojos porque no quería delatarse, sus ojos eran límpidos y reflejaban lo que pasaba en su alma.

Cledy acudió al silbido y se arrimó contra la puerta. Le tenían preparada una sorpresa. La Sra. Perigorde pretendió que la adivinara, pero se estrelló contra un muro. Sólo obtuvo una expresión inexplicablemente angustiada como respuesta.

—¡Qué imbécil! —dijo el Sr. Perigorde, sin cuidarse de la presencia de Horacio. Era su forma de vengarse.

La Sra. Perigorde, en cambio, alentó a Cledy.

—Te vas a caer de espaldas —dijo, y le ofreció varias chances: —No es un viaje, no son ropas, ni tampoco estoy embarazada. ¿Qué es?

Pero Cledy era completamente inepta para

juegos de ese tipo, no podía imaginar la sorpresa, carecía de fantasía. Qué raro, pensó la Sra. Perigorde que, no obstante su edad, conservaba muy fértil la imaginación. Soñaba, por ejemplo, que Horacio era su marido y Cledy su suegra, pero rápidamente sepultó estos delirios en beneficio de las convenciones, fantasías de adolescente, se dijo.

—Hemos buscado a tus padres —dijo Horacio, muy feliz, y el Sr. Perigorde le reprochó ser un muerto de frío, ¿por qué se había anticipado?

—¿A mis padres? —balbuceó Cledy.

—Sí —dijo el Sr. Perigorde, aceptando el hecho evidente de la metida de pata. Le arrebataban todas las satisfacciones. Una sorpresa lleva su tiempo, antes y después, en la anticipación y concreción. Si se ahoga la delicia del destinatario por efectos de la brusquedad y la precipitación, se arruina todo. Escupió, violento.

—Abrí, Horacio —dijo. Y juzgó que podía hablarle directamente para una orden. Eso no lo menoscababa.

Esperaban en la puerta. A Cledy se le había ahorrado la vista de los cadáveres. El choque había sido brutal. ¿Qué le iban a mostrar? Así, se había limitado a imaginar, sin asideros concretos, los ataúdes bajo la tierra, llenos, claro. Deliberadamente, no volaba mucho más.

—Falta de fantasía —decía la Sra. Perigorde, como si hubiera leído sus pensamientos. No estaba de acuerdo. La gente siempre se dejaba arrastrar por lo más obvio, el camino más fácil y corriente, por eso la vida resultaba tan tediosa.

—¡Papá! ¡Mamá! —dijo Cledy, muy trastornada, como es natural.— ¿No estaban muertos? —preguntó, como si fuera un hecho susceptible de dudas, esto es, pensando convencionalmente.

Obtuvo una negación unánime de las cabezas y entonces comenzó a llorar con una felicidad inaguantable, rasposa.

La madre y el padre habían retornado un día, para saciar su ignorancia de muertos, recuperarla en su pasado y en la sucesión de su pasado, conocer a sus hijos. Pero Cledy había sabido después que no, que sus padres no podrían conocer ya nunca a sus hijos, ni el mínimo gesto les llegaría, ni una palabra, menos o más que una palabra: un llanto o un gemido, nada de lo que hace que un ser humano exista para otro. Sus hijos morirían sin ser conocidos por los ojos amados, por los seres amados que ni siquiera dispondrían de un tacto de ciego, pero ahora, el Sr. Perigorde, la Sra. Perigorde, le decían que estaban vivos.

Ese imposible había apenado mucho a Cledy, aparte saber que ella misma sería un dolor para sus hijos, una insoportable sensación de nostalgia. Cuando alguien muere, nos lleva también para su muerte, y está bien así, porque a nadie queremos abandonar enteramente solo, como perdido en la nada, que es, ante todo, la ausencia de memoria. Pero la muerte se lleva demasiadas cosas, nuestras y ajenas, dejándonos de este lado, los gestos, los gestos... Y ahora el retorno impensable sucedía. La explicación sería dada a su tiempo, no se desmoronaría la realidad con imposibles, le decían que estaban vivos.

La vida es buena, buena, juzgaba la Sra. Perigorde, masacrándose los gruesos senos con los dedos, nunca faltaba un centavo para el peso, pensaba con un reconocimiento general, vago, pero muy lindo.

Horacio acariciaba los cabellos de Cledy, sonriendo, un poco conmovido él también.

Cledy tenía los ojos bajos, arrasados de lágrimas.

—No... no estaban muertos... —repitió con un hilo de voz.

Y una voz serena, le respondió: —Paseábamos. Se nos fue el tiempo.

Otra voz se agregó a la primera: —Abrazanos fuerte, Cledy.

Cledy alzó los ojos, inmóvil.

—No —dijo.

El Sr. Perigorde repitió, sorprendido:
—¿No?

Cuernos, pensó en seguida, no se habían equivocado. El hombre se asemejaba mucho a Cledy, era su vivo retrato, la misma nariz de boxeador, los mismos cabellos, que usaba muy largos, rubios, cayéndole sobre los hombros.

—No son mis padres —dijo Cledy.

La mujer, al escuchar esto, se apartó contra la pared y rompió a llorar desconsoladamente. Partía el alma. Horacio se acercó a Cledy, le colocó la mano sobre los hombros, la abrazó, y la Sra. Perigorde desvió los ojos, ultrajada, porque consideró que Horacio aprovechaba la oportunidad para propasarse.

—¡Cledy, amor mío! —dijo Horacio, dulcemente, pero con firmeza.

La mujer dejó la pared manchada con sus lágrimas, forma de lágrimas, grasosas, como si fueran de aceite, y se secó los ojos. Los abrió muy grandes, eran oscuros, con largas pestañas.

—Tengo tus ojos —dijo.

Y el padre agregó: —Tu nariz.

Los otros asentían, más felices ante lo que se presentaba como una prueba irrefutable.

—Tu sexo —dijo la madre, y se levantó las polleras. —Comparemos. Verás. El objeto es el mismo.

La voz era amable, mansa. El Sr. Perigorde se precipitó, trastabillando por la emoción, muy interesado. Miró y efectivamente, el objeto era el mismo, sólo un poco más oscuro y envejecido en este caso. Descubrió una cana en el pubis, y perdió el interés.

Cledy no quería mirar.

—No son, no son —repetía, como enloquecida.

—¿Este es tu marido? —dijo el padre, señalando a Horacio, y lo abrazó. Horacio devolvió el abrazo.

También abrazó a la madre, que dijo: —Hola, Horacio. Me podés llamar mamá.

Horacio contestó: —Hola, señora. Ya la llamaré mamá. Déme tiempo.

Y la Sra. Perigorde pensó que Horacio

seguía tan tímido como siempre. Su timidez afloraba en los momentos menos propicios. Era una lucha sacarle el pantalón del pijama.

—Me alegro que hayan vuelto —decía Horacio. —¡Cledy los extrañaba tanto!

Y sintió tristeza y también un poco de celos. Cledy no se había consolado nunca de la pérdida de sus padres. Ni con él, en la casita de recién casados, blanca, con ventanas pintadas de verde, se había podido consolar. Horacio recordaba con amargura las abstracciones de Cledy, íntimas e infranqueables.

—Cruzaban la calle —repetía Cledy, forjando una historia de distracción y accidente para explicar el desvío de su propia atención. Padecía la ausencia de sus padres como un acontecimiento definitivo. Y quizás se había endurecido, demasiado tiempo viviendo sin consuelo, porque ahora resistía la realidad compensatoria.

—No —seguía diciendo. —No son ellos.

La madre abrió la cartera y dijo: —¡Cledy! Mirá.

Sacó una muñequita de trapo y la levantó hacia el techo. Sus ojos estaban llenos de esperanza.

—¿Te acordás? Dormías con ella. Un día le quitaste un ojo.

—¿Es tu muñeca? —dijo Horacio.

Y Cledy contestó, alargando la mano —Sí.

La muñeca no había cambiado, como habían cambiado sus hijos, creciendo.

Era la misma, sin vestido, sólo con un delantal escocés, azul y blanco, que le llegaba a las rodillas.

—Cledy, besá a tus padres —dijo la Sra. Perigorde.

Pero Cledy contestó, abrazando a su muñeca: —¡No son ellos! ¡No son ellos!

La madre rompió a llorar otra vez. La Sra. Perigorde contempló sin simpatía el estallido emocional, las lágrimas de la señora ponían todo a la miseria.

—No llore, señora. —Y se dirigió a Cledy, advirtiéndole, muy mortificada:

—Cledy. Llora.

Cledy insistió: —¡Pero no es mi madre!

Pero el Sr. Perigorde intervino en esta ocasión. Había perdido todo interés, abatido por la visión del vello blanco, pero ahora se descubrió bastante harto.

—Sí —dijo secamente.

Buscó la vara, pero la había olvidado en el dormitorio. Se desprendió el cinturón. Antes dijo, correctamente, como correspondía:

—¿Me permitís, Horacio?

Pudo hablarle con su franqueza habitual, mirándolo a los ojos. No hay nada tan bueno para limpiar resentimientos entre dos personas como una bronca común contra alguien.

—Sí, papá. ¡Cómo no! —dijo Horacio, cogiendo la ocasión al vuelo para reanudar la amistad con el padre, tan incomprensiblemente suspendida.

El Sr. Perigorde dijo: —Son tus padres. Cledy, ¿no son tus padres?

Cledy vio el cinturón, la gruesa hebilla de metal balanceándose en el aire, y asintió débilmente:

—Sí —dijo.

La madre dejó de sobar la pared y se volvió con un gran grito:

—¡Hijita! —dijo, alborozada, y la abrazó, triturándola virtualmente en su ansiedad de cariño.

—Llamame mamá.

El Sr. Perigorde agitó el cinturón, la hebilla cortó el aire, y Cledy dijo:

—Mamá . . .

El padre se acercó y apartó a la madre. También él tenía derechos, un corazón sediento desde hacía años.

—Soy papá —dijo.

Cledy repitió mansamente: —Papá.

El padre la sentó en sus rodillas. Con cuidado, retiró las maderitas del brazo de Cledy, ya transformadas en astillas por el abrazo de la madre. No quería que le ensuciaran el traje, estaba de estreno. La hizo saltar a caballito: —¡Upa! —dijo, y sólo la Sra. Perigorde consideró que estaba un poco ridículo, los otros observaban encantados:

—¡Caballito, arriba! ¡Caballito, abajo! ¿Te acordás? Reíte, Cledy.

Pero más fácil hubiera sido que saliera un caballo de la boca y no la risa.

—¡Ríase! ¡A ver la nena, ríase!

Le hizo cosquillas y Cledy rió finalmente, un poco estertorosa, y todos respiraron aligerados, compartiendo el milagro de la felicidad reencontrada.

¡QUÉ DECEPCIÓN!

Habían insistido tanto que llevó a Alicia de paseo. Nunca la dejaban salir, un cúmulo de aprensiones, si llovía, se oponía la Sra. Perigorde, a quien mojarse le parecía desastroso, si había sol, era el Sr. Perigorde el que no lo toleraba.

Horacio fluctuaba entre los dos, sin tomar partido, pero no indiferente. En su fuero interno, no estaba demasiado convencido de las razones de sus padres, pero mantenía su adhesión hacia ellos, estaban viejos y tenía que seguirles la corriente. Lo menos que podía hacer. Cledy tenía toda la vida por delante, aparte de que sus propios padres, que momentáneamente vivían en un hotel, eran jóvenes aún. Gozaban, como quien dice, de mayores disponibilidades de existencia.

Lo que más duele, nunca sale a flote. Uno lo tapa siempre para que los otros no se asusten, salgan despavoridos. La contención en las penurias, el disimulo, las vuelven irreales (la tierra del silencio es la que hace el humus más fértil, si el crimen no se nombra es menos crimen porque la palabra es el primer testigo incómodo). Un poso de dolor es lo que hay en el fondo del alma cuando uno crece y ve adónde lo conduce el crecimiento. Así, aunque el Sr. y la Sra. Perigorde lo forzaran, tratando cada uno de que se pasara al bando del temor del sol o de la lluvia, Horacio callaba los motivos de no comprometer su opinión, aún a riesgo de pasar por insensible. No teman a la muerte, viejos míos, pensaba con congoja, aunque no viniera al caso, y sólo ofrecía una especie de sinrazón agria. Pero ese día también él participó, porque insólitamente los padres estaban de acuerdo sobre la salida, no llovía, no había sol: un día asqueroso, en suma. Era un domingo a la mañana, la Sra. Perigorde le había escondido los pantalones, si no, hubiera acompañado a Cledy con gusto. La miró dulcemente, sus padres conservaban los ojos bajos, como saboreando un reencuentro, el estar en perfecto acuerdo sobre un punto en el que siempre habían disentido, los aproximaba. No necesitaban mirarse: se comprendían. Horacio pensó en sus propios paseos con Cledy, de recién casados, y sus ojos se humedecieron por la nostalgia.

La Sra. Perigorde se opuso a que Cledy llevara al chiquito y, no obstante sus ojos humedecidos, Horacio compartió su opinión. El nene, no Arturo, ese nombre horrible que lo emparentaba con el Sr. Perigorde con una fuerza distinta y más poderosa que la sangre, caminaba balanceándose como un tierno borracho, las piernas gordas lo sostenían apenas en sus breves caminatas sobre el piso.

—Tendrás que cargarlo —dijo la Sra. Perigorde para disuadirla.

—No importa —dijo Cledy, que nunca se había permitido esperar un paseo a solas con sus hijos. No había esperado nada, y ahora abusaba. Le daban una mano y quería tomarse el brazo.

—No —dijo la Sra. Perigorde, y sentó al niño en sus rodillas. Le alzó la mano hasta sus senos inmensos, y el niño los apretó, divertido, riendo con su sonrisa de cuatro dientes.

Cledy se inclinó para besarlo, pero la Sra. Perigorde la apartó:

—¡Tantos besos! —protestó.— No es higiénico.

En la puerta, Cledy escuchó un grito y volvió rápidamente. El bebé no estaba. Se asustó, era tremendamente aprensiva, no vivía ni dejaba vivir.

La Sra. Perigorde se había encerrado con el bebé en el baño. Horacio se comía las uñas, los ojos entornados. El Sr. Perigorde meditaba, los ojos en blanco. Odiaba los trabajos inútiles, se le había caído la vara en el piso y dudaba en recogerla, ¿a quién tenía a mano para zampársela en la cabeza? Suspiró profundamente, irresoluto.

Cledy golpeó en el baño. El bebé berreaba. Alicia la tironeaba del vestido, quería ir a pasear. Saltaba impaciente sobre sus pies pequeños, ajena y despreocupada de todo lo que no fuera su placer. Horacio la observó con un penoso desencanto. Tan pronto, por el camino fácil, era apenas una niña, y estuvo tentado de cortar por lo sano y suspender el paseo, no obstante su repugnancia de inmiscuirse en lo que habían decidido sus padres.

Cledy arreciaba con sus golpes sobre la puerta.

—¡Silencio! —dijo la Sra. Perigorde del otro lado. Abrió la puerta y apareció con el bebé, consolado ya. Se había ahogado con un caramelo, explicó. Lo hamacaba en la sillita de sus senos, de arriba abajo, hasta que le arrancó una sonrisa.

—Te doy dos minutos para salir —dijo, muy seria, excedida por los golpes de Cledy sobre la puerta, que le habían provocado jaqueca, dardos de dolor se le incrustaban en las sienes. Y el Sr. Perigorde se decidió súbitamente, recogió la vara y la balanceó en el aire.

Cledy se marchó a disgusto, mirando hacia atrás. Nunca estaba conforme, en esto, la apreciación fue unánime, aunque sobreentendida, el Sr. y la Sra. Perigorde tuvieron el tacto de no manifestarla en alta voz, por Horacio. Con mirarse, bastaba.

La Sra. Perigorde colocó al bebé en la sillita y enredó los cabellos de Horacio. Se inclinó y lo besó en la boca. Pretendió arrastrarlo al dormitorio, pero el Sr. Perigorde se opuso, sulfurado.

—¿Qué creen? —dijo, tan ofendido y autoritario que a la Sra. Perigorde se le ocurrió que en una de ésas renacía su antiguo carácter, maravillosamente enérgico. Y en cierta forma, no la defraudó. No cuidaría al bebé, expresó el Sr. Perigorde, más calmado por la expresión atemorizada de su mujer, no era una niñera. ¿Qué imaginaban? ¿Que le iba a cambiar los pañales sucios? Otros podían caer tan bajo y la Sra. Perigorde no se atrevió a contradecirlo, aunque pensó que exageraba un poco.

—Delante de papá, no —dijo Horacio, tan tímido, ante la insistencia de la Sra. Perigorde. Tomó entonces una vieja revista, pero ella se la arrancó de las manos y la arrojó bajo la mesa. Debían aburrirse todos juntos, si no, ¿dónde estaba la solidaridad? Para colmo, el bebé no hacía gracias. Extenuado por el llanto, se dormía en la sillita, como un caballo, la cabeza blanda cayéndole, oscilando.

La Sra. Perigorde lo despertó y le llenó la boca de caramelos. El bebé se despertó instantáneamente y chupó, goloso. Todos miraron, muy interesados, con la esperanza de que se atragantara y el sobresalto los divirtiera un poco.

El sol apareció de pronto. Se corrieron las nubes, por capricho, y apareció entero.

El Sr. Perigorde lanzó un grito de alarma, la Sra. Perigorde, de alegría.

—¡Alicia en la calle! —gritó el Sr. Perigorde, angustiado.

¡Ay, qué pelea! Muy penosa para Horacio. En el calor de la discusión, ni siquiera contemplaban al bebé, a quien los caramelos se le habían empastado en la glotis. Los hombres son siempre más fuertes, aunque estén disminuidos. No en vano las mujeres formaban comités feministas. Hacían la guerra solos y tenían mucha práctica. La última palabra fue la del Sr. Perigorde.

—¡Mando yo! —dijo, el rostro llameante de autoridad y furia.

A regañadientes, pero contenta en el fondo, la Sra. Perigorde devolvió los pantalones a Horacio, quien se los enfundó rápidamente y corrió hacia la calle. Por fortuna, Cledy no se había alejado mucho y la alcanzó antes de que llegara al parque. No lo conocía y, equivocando el camino, había tomado por una calle que conducía al asfalto más duro y al bochinche de los coches, así que los árboles, el césped y los juegos de los niños hubieran seguido permaneciendo ignotos para ella, de cualquier manera.

Alicia comenzó a llorar, no comprendía, pobre inocente. Las preocupaciones de los adultos planeaban muy altas para su corta estatura y sólo percibía los resultados. Lloró más fuerte y Cledy no la consolaba, triste ella misma.

Horacio fue inflexible, se le desgarraba el corazón, pero cumplía órdenes y no de cualquiera. ¿Es que Cledy no comprendía que obedecer es más difícil que desobedecer? En una época sin reglas, Horacio se había impuesto la obediencia como norma y no lo lamentaba, aunque su corazón desgarrado estuviera hecho escamas bajo su pecho. Libre alguna vez de la obediencia hacia sus padres, pero no por la muerte impuesta, la que dice elijo y te desconozco, sino por la naturalmente inflexible, penosa pero aceptada como contingencia del tiempo. Entonces, le mostraría a Cledy su verdadero rostro, libre de toda culpa.

—No lo hagás más doloroso —le dijo a Cledy, y alzó a la niña en brazos.

No hay mal que por bien no venga, pensó Cledy, sensiblemente reconocida, cuando llegaron de regreso a la casa. Metió dos dedos en la boca del bebé, que ya estaba en los últimos estertores, y pudo arrancarle una pelota de pasta pegajosa, muy dulce, eso sí.

—¡Paseos! —dijo el Sr. Perigorde, con desprecio. La imprevisión, la dejadez. Yo miro mi comodidad, mis satisfacciones, y el resto que reviente. Cledy estaba fuera de su alcance y no tenía ganas de levantarse. Hundió la vara en la pasta pegajosa, que había quedado abandonada sobre el piso, y recogió un poquito. Luego se lo llevó a la boca y lo chupó, muy desilusionado con todo el género humano y con las mujeres, en particular. Ni la Sra. Perigorde se salvaba, ¿no había querido llevarse a Horacio al dormitorio? Un cero a la izquierda, pensó, reducido a niñera. Cuando la arterioesclerosis le diera vueltas por la cabeza, quién sabe a qué abandonos se vería sometido. No, ni su propia mujer se salvaba.

Horacio se acercó a él y le colocó la mano sobre los hombros. El Sr. Perigorde se quedó quieto, chupando, pero luego alzó su propia mano y apretó la de Horacio, con necesidad de afecto, pero conservando la misma, profunda decepción.

—No estés triste, papá —dijo Horacio.

—No —contestó el Sr. Perigorde. La vida seguía, no podía hundirse. Y aunque se sentía solo, la atención de Horacio lo confortaba, uno siempre cree que toca fondo cuando alguien no está a nuestro lado. Pero basta una mano sobre el hombro para que la soledad se desmorone, renazca adentro, casi sin nombre, una frágil apelación a la esperanza.

—No estoy triste. —Asió fuertemente la vara e intentó reanimarse.

—Traeme a Cledy —dijo.

POR SUERTE, SIN CONSECUENCIAS

Los niños jugaban en la vereda. Alicia era una hermosa niña, de siete años, despierta e inteligente, que molestaba a todo el mundo con preguntas y que parecía no tener miedo de nada. El bebé caminaba sin vacilaciones y abría y cerraba los cajones, abría y cerraba las puertas, investigaba todo por su cuenta, y el Sr. Perigorde consideraba que podía llegar a ser muy fastidioso en el futuro.

El Sr. Perigorde los vigilaba desde el jardín, molesto por el aire libre, por la posibilidad del sol, pero se sacrificaba por los pequeños. Las madres no sirven para nada, salvo quizás para engendrar, si este trabajo le hubiera tocado a los hombres, no sólo poner el semen, sino recibirlo, concebir, aguantar el feto nueve meses en el vientre y parir virilmente, el resultado hubiera tenido más precisión. El disconformismo es propio de los jóvenes, pensó, y esto lo consoló un poco y se irguió con elegancia, aunque nadie estaba mirándolo.

Alicia corrió, inquieta sobre sus ágiles piernas, y cruzó la calle. Un auto avanzaba a toda velocidad. Cledy, que había terminado de tender las camas, se asomó por la puerta. Nunca estaba tranquila, aprensiva al exceso. Gritó alarmada, abrevió de un salto los dos escalones del umbral y corrió hacia la calle. Pero Alicia apareció en la acera opuesta y le hizo pito catalán.

El Sr. Perigorde se levantó de su silla de ruedas, enfurecido, blanco como el papel. Llamó a Alicia ordenándole que cruzara nuevamente. Alicia se desorientó y vaciló en el borde de la acera opuesta. Cledy le decía que no cruzara.

—¿Qué hago, abuelito? —preguntó.

El Sr. Perigorde rezongaba que querían matarlo a disgustos. ¿Era forma de atravesar la calle, tan irreflexivamente, a riesgo de caer bajo las ruedas? ¿Y para qué metería Cledy la cuchara? ¿Para aumentar las posibilidades de accidente?

—¡Callate! —le dijo con malos modos, olvidada en la preocupación del momento su contención habitual.

Cledy pensó en sus padres, tendidos sobre la calzada, en excelente acuerdo, y gritó con un presentimiento nefasto. Por suerte, el Sr. Perigorde ignoró que pensaba en sus padres, los primeros, porque se hubiera indignado. Sólo reconocía a los segundos.

—¡No la asustés! —dijo, qué estúpida, y para proteger la vida de la niña, le indicó que cruzara rectamente, sin mirar a los costados. No hay nada peor para el peligro que el miedo. Fracaso seguro.

Aparecieron autos por todos lados, veloces. Cledy comenzó a cruzar, sorteándolos, para tomar a Alicia de la mano y traerla a buen puerto. Pero las indicaciones del abuelo habían tranquilizado a Alicia, aparte la natural imprudencia de la infancia, y cruzaba ya, sin apresurarse, pero ciega como un bólido.

Un auto azul la levantó por el aire, con un ruido sordo, y la arrojó lejos.

El auto frenó en seco con un chirrido de neumáticos. El conductor abrió la portezuela, demudado, y corrió. Una mujer que lo acompañaba, igualmente pálida, bajó detrás de él, con un gemido de angustia, llevándose las manos a la cara para no mirar. Era joven y alta, con largos cabellos negros que se sacudían, como si llorara.

El conductor enderezó la antena de la radio, que se había torcido en el imprevisto encuentro con el obstáculo, y giró alrededor del coche. En la tercera vuelta, respiró: no se advertía ninguna abolladura sobre la chapa flamante. Palmeó suavemente a la mujer, detuvo la mano sobre el hombro, trasmitiéndole confianza. La quería.

—No pasó nada —dijo.

La mujer entreabrió los dedos en abanico y espió. Lentamente, bajó las manos y sonrió con una sonrisa exangüe que, poco a poco, como una planta marchita revivida bajo el agua, reverdeció sobre sus labios.

Alicia yacía sobre la calle, tan bella como si estuviera dormida. Ninguna mancha sobre el vestido limpio que Cledy le había puesto esa mañana. La vincha del pelo se le había corrido ligeramente sobre la frente, pero no mostraba ningún otro signo de desorden. El vestido se mantenía pegado a las piernas y dejaba ver las rodillas, no para provocar recuerdos inconvenientes sino porque era corto por elección.

Cledy se paralizó estúpidamente en el centro de la calle, ofrecía un blanco excelente, sólo su boca era móvil, lanzando alaridos.

—¡Cledy! —dijo el Sr. Perigorde, con un reproche sumiso por el escándalo.

Otro auto.

—¡Párese! —le dijo el Sr. Perigorde al conductor, después de un rato. No le gustaba molestar a nadie. Había hecho bien: el conductor había ejecutado dos zig-zags frenéticos para frenar después sobre la acera, junto a un árbol, al que rozó levemente con el paragolpe. Con los gritos sólo hubiera conseguido confundirlo, que se lo tragara (al árbol) o desviara hacia la otra mano. Entonces sí las consecuencias hubieran sido imprevisibles.

El conductor, que era un hombre de edad, con aspecto atareado, sopló unas hojas sobre el capot, maniobró con precaución, retrocediendo, y se alejó rápidamente. El Sr. Perigorde entrevió su gesto de incomprensión inocente, una sonrisa que preguntaba qué pasó y que dejaba la respuesta para otro momento. Juzgó que el otro no tenía tiempo para detenerse y, de pronto, lo invadió una sensación espantosa de catástrofe.

¡Qué mala pata!, pensó, empujando su silla de ruedas con las manos en dirección a la casa. Las ruedas no estaban aceitadas y no corrían de acuerdo a sus deseos. Había salido el sol y para colmo, le calentaba la nuca.

CELEBRACIÓN

A pesar de lo que podría suponerse, por el espanto del conductor y la actitud del Sr. Perigorde, Cledy y la niña no murieron. Algunas contusiones y un aire errático en la niña que, del susto, quedó tartamuda.

—La sacaron barata —dijo la Sra. Perigorde, cuando se enteró del accidente. Horacio las abrazó, muy fuertemente.

Cledy había envejecido, aunque aún estaba en plena juventud. La Sra. Perigorde consideró que necesitaba distracción y entonces resolvieron festejar el aniversario de casamiento de Cledy y Horacio. Ocho años habían pasado como un soplo. Es así, el tiempo corre entre las horas de la dicha tan veloz como si alguien lo empujara por la espalda.

Invitaron a poca gente, toda de categoría. Desgraciadamente, el militar se había muerto y no conocían a otro. Aunque eran más numerosos que las hormigas, no resultaba fácil acceder a ellos, no se los podía invitar como a cualquier infeliz, viejo estilo, comme il faut, sólo aceptaban invitaciones de gente socialmente reconocida. Y aunque los padres de Horacio pertenecían a una clase acomodada, aún les faltaban unos escalones para estar en lo más alto.

La Sra. Perigorde lo lamentó profundamente. El Sr. Perigorde, por gozar del contacto con algún uniformado, propuso a un vigilante, pero la Sra. Perigorde rechazó la sugerencia, no era lo mismo, dijo.

Alicia se chupaba el dedo, como un caramelo, el aire levemente extraviado, y para que no molestara, la sentaron al lado del hermanito, atado, por el mismo motivo, en una silla baja, laqueada de verde oscuro.

Pasarían cine. Los niños alborotaron con la novedad, se pusieron excitados y pesados de impaciencia. El veterinario traería las películas, las había filmado en 16 milímetros, aprovechando sus ratos de ocio. Era un aficionado, pero, no obstante, le habían salido obras de arte. Los hombres se pondrían duros al verlas, dijo, un poco crípticamente. Uno de los invitados tenía dinero y quería mostrárselas para conseguir su apoyo. Estaba cansado de vacunar y pelar perros. Con frecuencia, se olvidaba de colocarles el bozal y lo mordían ferozmente, estaba todo mordido. El adinerado reaccionaría con extática admiración ante las películas y le financiaría una super producción sobre San Martín, con infinidad de extras y de caballos, éstos eran sus proyectos, la Cordillera lo tenía loco.

¡Qué excitación! Hasta los grandes se contagiaron. La Sra. Perigorde consideró que el cine compensaba la comida, así que no sirvió nada, salvo unas galletitas.

Sujetaron una sábana contra la pared, apagaron las luces. Las películas eran muy extrañas, hombres desnudos, mujeres desnudas, hombres que se desnudaban, mujeres que se desnudaban, meneos frenéticos de aceleración continua que, vistos a la distancia, resultaban incomprensibles, un poco ridículos.

Uno de los invitados, atropellando a unos cuantos en la oscuridad, se acercó al interruptor y encendió la luz. Se apartó la solapa y mostró una insignia. La Sra. Perigorde se ofuscó, ¿cómo se había colado? El hombre había visto las películas con placer, no quería ser un aguafiestas, pero ahora daba rienda suelta a su indignación legítima.

—Vine a una casa de familia— dijo.

El veterinario musitaba al oído del tipo con dinero, que lo escuchaba seco, displicente e interesado, como todos lo que tienen plata y consideran la posibilidad de tener más.

—No sé— decía, ambiguo, mientras en su interior ya había resuelto el elenco y los porcentajes.

Haría la denuncia, dijo el de la insignia en la solapa, no podía pasar por alto lo que había visto, y se llevó la mano al bajo vientre para achatar algo que le sobresalía bajo la tela del pantalón. Miró golosamente a Cledy. Horacio se alzó, pálido como el espanto.

—No tiene tanta importancia, Horacio— dijo la Sra. Perigorde, tratando de que razonara.

En lo que a ella concernía, lo que sacaba en conclusión era extremadamente simple: era hora de que se dejara de dar fiestas. Aunque terminaban bien, siempre pasaban por momentos de crisis que le crispaban los nervios, le comprimían el corazón como una esponja estrujada.

Procuró que la situación se resolviera amistosamente, pero Horacio se había emperrado.

—¡En mi aniversario! ¡En mi aniversario!— decía, como un poseso.

El de la chapa pidió que pasaran otra vez las películas para obtener una completa seguridad en las pruebas. Con tono mesurado, casi con gentileza (no estaba de servicio), insistió especialmente en una, que se destacaba por la perfección de las tomas, todo era bien visible, incluso las zonas habitualmente escondidas por disposición natural, un milagro en el manejo de la cámara, y así, uno no tenía que romperse la cabeza, forzando la imaginación, agotándola inútilmente.

—¿Pueden pasarla otra vez? —dijo, y sólo en la cuarta o quinta proyección, habían perdido la cuenta, su escrupulosidad pareció quedar saciada, junto con algo así como un suspiro de relajamiento, un desahogo.

El veterinario, atento sólo a su conveniencia, lo consideró un éxito personal y aplaudió, entusiasmado.

Los chicos se aburrían, el bebé roía las sogas y los dos interferían con preguntas, las de Alicia un poco balbuceadas, que nadie contestaba sino con chistidos. Todos estaban bastante calientes.

—¡Debe haber alguna solución! —dijo el de la chapa, cuando concluyó la última película, apegado noblemente a su idea de culpa y castigo, pero no a ciegas, sino con discernimiento, como debe ser la justicia. Le pusieron al culpable por delante, pero lo rechazó de un empujón. El veterinario era bajo y fofo, y, además, no estaba de humor para hombres. Horacio protegía a Cledy con su cuerpo. El invitado paseó la mirada por todos los presentes y se detuvo en Alicia, tan lela que se había dormido en su silla. El bebé había liberado una mano y le tironeaba los cabellos, pero no la despertaba.

—Me la llevo —dijo el hombre, decidido, súbitamente aliviado de solucionar el entuerto.

Cledy corrió, pero Horacio la detuvo, abrazándola:

—Cledy, amor mío —dijo, dulcemente.

También él sufría, pero no estaban solos en el mundo. Alguien tiene que pagar por todos, voluntaria o coercitivamente, alguien siempre paga por todos.

Despertaron a la niña, que se alzó, batiendo los párpados, un poco aturdida.

—Mamá —dijo.

Cledy intentó caminar a su encuentro, pero Horacio la sujetaba persuasivamente y el Sr. Perigorde tomó la vara y le pegó con toda su fuerza en la cabeza. Estaba bastante debilitado, porque el golpe no surtió efecto. Cledy siguió debatiéndose entre los brazos de Horacio, la voz lamentablemente tomada por la histeria.

—Cledy, razoná —decía Horacio, esquivando los golpes del Sr. Perigorde, que no acertaba una.

Horacio sujetó las manos de Cledy y se las llevó a su boca. Rápidamente, el tiempo urgía, las llenó de besos cálidos, cariñosos.

—Cledy, soy tu marido —dijo, y solicitó la ayuda de su madre.

La Sra. Perigorde observaba consternada, nunca agotaba su sorpresa ante los seres humanos, ¿de dónde había sacado Cledy tanta resistencia a la persuasión? Ella hubiera sido capaz de todo por tantos besos, y qué delicadeza, ¡en las manos!

—Ayudá, mamá —dijo Horacio, a quien los brazos ya no le respondían por el esfuerzo.

Entonces, la Sra. Perigorde sacudió su estupor y su añoranza de besos, apoyó también su mano sobre la vara, que el Sr. Perigorde agitaba sin control, y obtuvieron mejores resultados. Casi románticamente, Cledy aflojó la cabeza sobre el hombro de Horacio y se resignó sin reparos. Todo su cuerpo descansó sobre Horacio, quien, jadeante, le alzó los brazos para que abrazaran su nuca. Era tímido, pero no sonso, pensó la Sra. Perigorde, resentida.

El Sr. Perigorde se sintió bastante menoscabado con la ayuda, odió su vejez y miró con ojos llameantes a la Sra. Perigorde que bajó los suyos, avergonzada, pero no pronunció palabra. Últimamente, se manejaba mejor con los silencios.

El de la chapa tomó la mano de Alicia, no era un monstruo, también él tenía hijos, sabía lo que los hijos significaban, y se la llevó. Le habló con voz suave, risueña, no se le escapaba que, después de todo, era un extraño para ella. Alicia lo siguió, dócil, creyendo que iba de paseo.

Cuando la puerta de entrada se cerró, alguien apagó la luz y pasaron otra vez las películas.

COMPLETAMENTE EQUIVOCADO, PERO ES SÓLO UN INTERLUDIO

Sus padres habían muerto. Esta vez, Cledy los había visto en los cajones respectivos, con poca diferencia de tiempo entre uno y otro. No había sentido pena, y la Sra. Perigorde la había acusado de indiferente. Su sequedad de corazón también lastimó a Horacio, que dejó de consolarla en la cocina, debajo de la mesa, aparte de que resultaba físicamente imposible. Desde que los había descubierto, para proteger sus cuernos sobre la frente, el Sr. Perigorde encadenaba a Cledy a los pies de la cama. Le hubiera gustado obrar por convencimiento y no por violencia, pero como todos los bien intencionados, comprendía que se quemaba en el infierno. No era su culpa, los hechos imponían sus propias leyes, más fuertes que sus propios deseos.

La preocupación por Alicia atenaceaba a Cledy. Oh, se habían irritado sobremanera. Había que tener una idea clara de la prioridad en los sentimientos, dijo la Sra. Perigorde, expresando sin ambages el pensamiento común. No por una causa justificada, salvo quizás por su aspecto amable y paternal, pero el hombre que se había llevado a Alicia les merecía confianza. Era un pálpito solamente y tenía valor como tal: podía ser completamente equivocado o no. No era equivocado, como se vio más tarde, cuando Alicia regresó sana y salva y tranquilizó las desmesuradas angustias de la madre.

Ahora esperaban que Cledy se entregara al pesar de la muerte de sus padres. No pretendían que hiciera el gran drama pero tampoco minimizara, un buen dolor humano, aferrado, consciente. Estamos hechos para el fin y la muerte y a esto no se le podía hurtar el cuerpo, so pena de fracasar en todo, de entender mal todo. El riesgo y la maravilla estaban ahí: borrón y cuenta nueva, aunque el borrón fueran los seres queridos, fuera uno mismo. Pero la cuenta nueva (los nacimientos, la posibilidad de alegría) exigía de uno el paso del dolor porque nada crece sobre la impavidez.

¿Cómo podía vivir Cledy sin desesperarse legítimamente por la muerte de sus padres? No eran minucias, circunstancias fortuitas y pasajeras como la ausencia de Alicia. Prioridad en los sentimientos, repetía la Sra. Perigorde que encontraba un aire sobrio y encantador en la frase. Ya habría tiempo para preocuparse por Alicia, cuando creciera y los volviera locos con sus problemas de adolescente.

Horacio prohibió que la mencionara y por parte de ellos, desterraron el nombre de Alicia de las conversaciones.

—Momentáneamente —dijo Horacio, siempre tan considerado, a pesar de la desilusionada amargura que lo devoraba.

Esperaban que Cledy pronunciara una mínima palabra de conmiseración hacia quienes debía el ser, pero Cledy permanecía muda. La Sra. Perigorde abría los brazos y Cledy no se arrojaba en ellos, silenciosa e impenetrable como un pájaro, atenta a la puerta de calle, al regreso de Alicia.

Todos se sentían excedidos. —Hablá, Cledy— decía Horacio, y rogó al Sr. Perigorde que la soltara de noche, para ver si en la soledad de la cocina obtenía mejores resultados, abrir una hendidura de piedad, pero en esto el Sr. Perigorde fue inflexible.

—¿Y me lo pedís, Horacio? —dijo, llorando, y Horacio se arrepintió prestamente. Qué falta de tacto, se dijo, ante el rostro mortificado por las lágrimas.

La miraron con una esperanza que sentían inútil y la Sra. Perigorde preguntó:

—¿No sufrís, Cledy? Eran tus padres.

Y Cledy apartó con esfuerzo el pensamiento de Alicia y dijo con su voz habitual:

—No, señora.

Tendió el oído tenso hacia la puerta y luego miró a Horacio, al Sr. y a la Sra. Perigorde, que estaban sentados a la mesa, comiendo. ¿Habían dicho algo sobre Alicia? En el fluir cotidiano y negligente de la conversación, ¿se les había escapado el nombre, el paradero, el bienestar o el peligro que la envolvía? ¿Habían hablado por fin? La piedra que le aplastaba el pecho se alzó levemente y volvió a caer. En su interior, movida por la ansiedad, Cledy había forjado una rima desdichada. Horacio repitió su frase, besando los dedos de la Sra. Perigorde que reía, atragantándose con la comida.

—Tus manos son una caricia.

La Sra. Perigorde advirtió que Cledy los observaba y apartó los dedos.

—Nos mira, Horacio.

Le pareció que el dolor asomaba en los ojos de Cledy y volvió a preguntar, más animada:

—¿Sufrís, Cledy?

Cledy negó con la cabeza y aunque odiara la respuesta, la Sra. Perigorde le reconoció cierta integridad. La verdad era que Cledy no sufría. No podía mentirle a la Sra. Perigorde. Ni siquiera la muerte de sus padres, los primeros, había significado demasiado para ella. Pesar sí, intolerable en un aspecto, pero ya los habían perdido cuando dejó de ser niña, la primera vez que corrió inútilmente al amparo de la madre, o no corrió, porque el crecimiento ataba sus rodillas con más fuerza que las cadenas del Sr. Perigorde. El resto, los besos sobre la frente, el rascar afectuoso de un dedo sobre su nariz, había sido un simulacro, y no con los segundos que, por otra parte, no tenían estos hábitos, sino con los primeros. No acusaba a nadie, te traje al mundo y te largo, así era la vida. Pero el conocimiento no disminuía el dolor, ni siquiera lo atemperaba, la nostalgia permanecía, intacta.

Corría a ciegas, como en un sueño, y nadie tendía la mano para detenerla, explicarle el espanto, ampararla. Había nacido completamente desguarnecida, puede decirse, a la espera de la palabra salvadora que debían pronunciar los otros. Cuál debía ser, no sabía, salvo ahora el nombre de Alicia, desterrado.

Y Horacio le reprochaba con frecuencia que fuera tan ignorante.

El agradecimiento
debe ser mesurado
pero sincero.
Alguien me prestó
las palabras
para que no me gastara
en soledad.

Las usé con cuidado
y las devuelvo ahora
a través de la vasija
de mi cuerpo
casi nuevas
como si las hubiera usado
solamente
para ocasiones íntimas
un cumpleaños o algo así.

¿QUÉ PUEDO ESPERAR?

No podían vivir todos juntos: los agónicos, Cledy y el Sr. Perigorde en el mismo cuarto. Así que Horacio, de común acuerdo con sus padres, decidió la mudanza, se trasladaron otra vez a la casita blanca, con ventanas pintadas de verde, que seguía muy bien conservada, no obstante los años que había permanecido sin habitantes, sin voces repiqueteando contra las paredes, surcada solamente por silenciosas arañas que tejían sus telas en los rincones, obedeciendo a hábitos ancestrales de no ensuciar demasiado. Sólo el jardín se había convertido en una selva.

Hacía rato que compartían las habitaciones con los padres de Cledy, (no podían vivir indefinidamente en un hotel), y mientras gozaron de salud, no habían importunado en absoluto, se acomodaban con innegable buena voluntad en cualquier rincón, comían sobras o manjares con el mismo ánimo estólido, sólo un poco más risueño hacia los manjares. Pero, enfermos, era evidente que necesitaban una cama, otro tipo de atención.

El cambio, o la mudanza de Cledy y Horacio, fue inútil, en cierta forma, porque, como se expresó antes, los padres murieron de muerte natural, al poco tiempo uno de otro, con el intervalo suficiente para que Cledy repusiera sus energías o para no fastidiar todo de golpe, aunque, pensándolo bien, quizás hubiera sido más práctico que hubieran permitido celebrar un solo velatorio con un deceso al unísono.

Cledy se sentía cansada, quizás la agonía de sus segundos padres se había prolongado más de lo necesario. La Sra. Perigorde la liberó de todas sus obligaciones.

—Quedás libre, hijita —le dijo.— Los padres sólo se mueren una vez.

Y con ánimo generoso, se hizo cargo de todas las tareas de la casa, que no tardó en convertirse en un chiquero.

Cledy los había atendido durante largos días con sus noches, eficiente, pero sin pena. Seguía sin reconocerlos, el padre con su nariz de boxeador, tan parecida a su nariz, pequeña y recta, y la madre, con su sexo idéntico, antiguamente adornado con una cana en el pubis. Pero había encanecido totalmente, como María Antonieta, en una sola noche. Y esto explicaba quizás, más que su propia senectud y la proximidad de un idéntico destino, el manifiesto desapego del Sr. Perigorde, que bufaba e increpaba a Cledy por haberles traído esos dos clavos a la casa.

La Sra. Perigorde, compasiva, lo obligaba a callar, atenta al descanso de Cledy, que dormía de parada, en breves momentos de respiro, porque a los que van a morir, les pertenecen todos los derechos.

—Son sus padres —decía, como razón suficiente, sin percibir todavía que a Cledy no le importaban un rábano.

La Sra. Perigorde, corazón de oro, compraba en la rotisería platos apetitosos, trozos de lengua en escabeche o albóndigas fritas, que ellos no probaban, tendidos en la cama, con poco intervalo entre uno y otro, pero Cledy había aprovechado, pellizcando subrepticiamente la comida, con beneficio de sus carnes, firmes y tentadoras otra vez.

Cuando el padre cayó en cama, —Me siento mal —dijo, desplomándose de un ataque, la madre se amustió rápidamente, preanunciando su fin. Se acostó al lado, pero con la cabeza en el extremo opuesto, porque el padre se movía mucho, en la agonía, y ella quería dormir, el sueño era sagrado para ella. Se evitaba, también, respirar el aire fétido y moribundo. Siempre había tenido el olfato muy sensible, ¿y por qué, en las diez de últimas, iba a cambiar de costumbres?

La Sra. Perigorde suspendió las fiestas, no había escarmentado a pesar de lo sucedido, pero consideró que todos debían sacrificarse por igual. ¿Acaso Horacio no se había ido con el bebé a la casa blanca? Cocinaba, lavaba las ropas, planchaba. ¿Y qué hacía Cledy, tomando fresco a la noche, cuando los gemidos cesaban un instante y el sueño daba un fugaz respiro a los desdichados? Se sentaba en el umbral de la puerta de entrada, respirando con la boca abierta el aire tibio y oxigenado de la noche, mirando las estrellas, muy románticamente, eso sí, ¿pero es que las circunstancias permitían esos romanticismos? Aire y estrellas, lo único que faltaba era Horacio y sus besos.

Por suerte, no hinchaba con Alicia, cuya ausencia se había transformado en un don de los dioses, ahora, con los enfermos y el exceso de trabajo. No obstante, la Sra. Perigorde no cedía en una discreta vigilancia. En una ocasión, la había aflojado durante la siesta, y Cledy había ido a importunar a los vecinos quién sabe con qué cuentos y después, habían tenido que disculparse. Un oficioso había terciado y Horacio se había visto precisado a intervenir, con insólita firmeza: —¿Para qué se mete? —dijo sulfurado. —La nena está con el tío. Soy el marido.

—¿Es su marido? —preguntó el hombre a quien la angustia de Cledy no provocaba náuseas sino deseos de ayuda.

—Sí —dijo Cledy, sin saber que una relación ambigua en un medio ambiguo sólo se rompe con la decisión, desmentir férreamente lo que los otros nos presentan como realidad, aunque a veces no sirva para nada.

Sentada ociosa bajo el firmamento azulado. ¿Era forma de cuidar a los padres así?, se preguntaba la Sra. Perigorde, muy dolida. ¿Qué podía esperar ella, que no era la madre, cuando le llegara el turno? Si los lazos de la sangre no hablaban, imposible esperar que hablaran otros lazos, los de la convivencia, los largos años pasados compartiendo las charlas cotidianas, el pan, la sal, Horacio... Así que una noche su irritación llegó al colmo, la realidad la golpeó crudamente y tuvo que enfrentarla. De nada servían las contemplaciones.

Despertó a Cledy, dormida bajo la noche, ¡qué chica!, ni siquiera la convencían las estrellas, y la empujó al interior del dormitorio.

—Señora —balbuceó Cledy.

La Sra. Perigorde apretó los labios, decidida a no dejarse enternecer. ¡Qué dura era la vida! Pero mejor dura que relajada.

—Entrá, hijita —le dijo.

Cerró la puerta con llave, tapió la ventana con dos tablones cruzados del lado externo, y no le permitió salir hasta que concluyó todo. Es decir, la primera muerte. Llevó su tiempo. El olor se lo dijo, filtrándose tenuemente hasta sus delicadas narices.

El Sr. Perigorde aprobaba, con meneos convulsivos de la cabeza.

—Alcira —le dijo— tenías que haberlo hecho antes.

Y la Sra. Perigorde aguantó los reproches porque se los merecía.

El olor se volvió inaguantable. Se mezclaba con el de la comida y les arruinaba la digestión. Entonces, la Sra. Perigorde se acercó a la puerta y preguntó: —¿Ya está, Cledy?— por simple amabilidad, porque no necesitaba respuesta.

Se cubrió la nariz con un pañuelo, sujeto coquetamente en la nuca con un moño, y abrió de par en par la puerta. Conmovida, tendió los brazos para recibir a Cledy, casi deshecha, pero no de llanto.

—¡Hijita! —dijo, con la esperanza de que hubiera terminado todo y Cledy no tuviera que pasar otra vez por ese trance. Pero desgraciadamente, la madre se agitaba aún y obligó a un intervalo.

GENERALIDADES

Después de la muerte de la madre, no de la del padre porque no valía la pena, dado lo que se venía, ventilaron el dormitorio y airearon los colchones. Estaban bastante arruinados, perforados de manchas.

¿Qué haré ahora, con la pieza vacía?, se preguntaba la Sra. Perigorde, con pesar, pero no atendieron sus ideas de dejar los cadáveres un poco más, como compañía. ¿Cuántos cadáveres no se habían conservado magníficamente en la historia? Gastarían un poco más, pero, ¿para qué el dinero sino para darse un gusto?

—Falta poco —dijo en el primer deceso. —¿Para qué hacer las cosas dos veces? —interrogó, utilizando el sentido práctico para disfrazar el temor a la soledad. —Dejemos ésta, al menos —sugirió en el segundo, pero en vano.

Horacio respetó el duelo durante varias semanas, esperó lo que consideraba un tiempo prudencial y suficiente, aunque estaba harto de limpiar la casa y cocinar, aparte otras exigencias, y una noche, bastante tarde, vino a buscar a Cledy. Trajo al bebé, que se caía de sueño, tomado de la mano, usándolo como cebo para convencerla.

—Es mi esposa, mamá —dijo, y la Sra. Perigorde lagrimeó un poco. Se sentía sola, el Sr. Perigorde disminuía cada vez más. La casa había estado llena de gente, de gritos de alegría y de gemidos, y ahora, el silencio, la soledad. Tenía que representar todos los roles, atarearse por las piezas, simulando movimiento, para agitar el aire que se aplastaba, inerte, contra sus carnes.

Cledy besó al bebé, pegajosa como siempre, consideró la Sra. Perigorde, llenó de besos la carita somnolienta, pero no pareció alegrarse como correspondía. Es difícil de explicar. Poco conocía del mundo, siempre protegida entre cuatro paredes. Cuándo comprenderá la gente que el riesgo protege más a los que amamos que el exceso de protección. El contacto con la muerte obligó a Cledy a pensar en la suya, se volvió insólitamente pesimista. Lo más penoso es tener una muerte grande que no quepa en el cuerpo. Una culebra, por ejemplo, ¡qué muerte inmensa! Uno las corta con el filo de la pala y la muerte sobra, salta por encima de ellas, fuera del cuerpo, son precisos espasmos y retorcijones para que la muerte, hecha para un elefante, se ajuste al pobre cuerpo de culebra. No sabía si con las víboras pasaba lo mismo, sólo había visto inofensivas culebritas de jardín.

No quiero
demasiada muerte
ni tampoco insuficiente.

La necesaria apenas
para mi vida
sobre la tierra.

Ya en la casa, Horacio la rodeó con un brazo antes de irse a dormir.
—¿Qué pensás? —le dijo.
—Nada —contestó Cledy.
—Estamos solos —dijo Horacio, con una mirada rejuvenecida, y Cledy le sonrió, avergonzada de no poder compartir su alegría.

Cledy pensó que los chicos le pertenecían nuevamente. Alicia había vuelto de la cárcel o de donde había estado, con el aire errático un poco acentuado, tenía pequeñas manchas circulares en los brazos y piernas, también en el vientre, tardaron mucho en desaparecer. Horacio se las tocó con la punta del dedo:
—¿Qué son? ¿A qué jugaste? —le preguntó, bromista, sólo con un reproche muy leve, porque los niños son inocentes.
El carácter de Horacio había mejorado, quizás porque había conseguido un empleo después de tantos años, y la horrible sensación de inutilidad que lo humillaba y carcomía, había desaparecido totalmente. Le crecieron otra vez, aún de día, los pelos ralos de barba, que se acariciaba, mirando a Cledy con ternura.

Todas las noches, Horacio deslizaba el brazo sobre los hombros de Cledy y miraban juntos, de pie, cómo dormían los niños.

—¡Cómo han crecido, Cledy! —decía Horacio con una sorpresa maravillada. De pronto enfrentaba el tiempo que había transcurrido insensiblemente, desde el nacimiento de los chicos y desde su propio nacimiento, y no lamentaba sus arrugas, algunos hilos blancos sobre el cabello castaño de sus sienes. Era como si su niñez se hubiera encarnado en otros, otros tan queridos que seguía perteneciéndole. La infancia en la adultez, como el carozo dentro del fruto, y así, más tarde, reencontraría en los hijos la juventud, incluso la vejez y hasta la muerte, pero también los proyectos incumplidos por inepcia, los sueños. Se inclinaba y besaba los rostros dormidos.

—Alicia será médica —decía, y quizás no se equivocaba porque el rostro de Alicia, en el descanso, recuperaba la inteligencia, la lucidez perdida.

El peso de ese brazo sobre su hombro, el confiado reposo del sueño de los chicos, borraban lentamente los sustos pasados, Cledy alzaba los ojos hacia la sonrisa de Horacio y se sorprendía: era posible la felicidad. El miedo y la pena subsistían, pero como si fueran de otros.

Pensaba, en cierta forma, lo mismo que Horacio respecto a su infancia, lo que demuestra lo bueno que es siempre tener a los otros a mano. A través del amor, siempre es viable una reencarnación mágica.

Yo no los dejaré, se prometía Cledy, no deseando repetir con sus hijos el error de abandono de su padres, inepta para toda lógica, pero tranquilizada por cuanto el crecimiento no ataba las rodillas de los chicos. Alicia no contaba, un poco detenida, pero el bebé, no Arturo, tenía cinco años y Cledy obstinadamente seguía llamándolo bebé, crecía y cambiaba, ya no como antes. Quizás el ambiente de la casa de los padres de Horacio no había sido el propicio, el bebé había fastidiado mucho con su manía de abrir y cerrar las puertas, abrir y cerrar los cajones, y habían concluido por atarle las manos, esto lo había vuelto hosco y cruel, escupía o aprovechaba sus breves momentos de libertad para tironear el cabello de la hermana.

Ahora, en la casa, el cambio del bebé se podía aguantar, era bondadoso, imperceptible como todo crecimiento pausado y sin zozobra, las preguntas que formulaba en otro tiempo, —¿Hoy qué lunes es?, ¿martes? —se volvían lógicas, razonables, y el lunes era un día, el martes otro, y los días, como las palabras, conservaban su uso antiguo, y Cledy lo agradecía, ignorante de que las palabras, como los días y los seres, deben construir su propio amparo.

IMPOSIBLE MEZCLAR SUEÑO Y REALIDAD

Los días pasaron, con un ritmo no entorpecido por visitas no deseadas, por hechos insólitos. Muy aburridos, para un observador indiferente, pero, ¡tan plenos!

Sólo la Sra. Perigorde los visitaba casi tolos los días, llegaba al atardecer después de haber acostado al Sr. Perigorde, impulsada por el aburrimiento o bien por la debilidad que experimentaba hacia sus nietos. Con su boca lastimosamente plegada hacia abajo ahora, con mucha discreción, se quejaba a veces del Sr. Perigorde, no de él como hombre (como hombre seguía pareciéndole incomparable) sino de su senectud, tan marcada que daba vergüenza ajena.

Se arrimaba a Horacio que le acariciaba los cabellos, sin que sus manos transgredieran nunca los límites honestos de la papada de la Sra. Perigorde (en vano se ilusionaba ella pensando que Horacio confundía la papada con un seno), y la Sra. Perigorde miraba a Cledy con celos renovados. ¿Qué otra reacción podía esperar?, se decía con una humillación punzante. ¿Qué era un seno papada después de lo que había habido entre los dos? Madre, hijo: un océano de puro cariño. ¿Cómo esta nueva situación no superaría a Horacio? Cledy tenía veinte años menos, menos carne, pero en mejores condiciones. Estaban solos en la casa, los niños no contaban después que se dormían a las nueve de la noche. La puerta verde de entrada cerraba todas sus posibilidades: era una intrusa.

—Permiso —dijo, en una de sus visitas, y se asomó al dormitorio.

La Sra. Perigorde consideraba que Cledy era bastante mugrienta, pero había trabajado como una burra en el dormitorio, que brillaba en la oscuridad. La Sra. Perigorde contempló despedazada la ancha cama de matrimonio con sábanas rasposas, pero limpias, e imaginó lo que pasaba. Se sintió vencida.

Cledy se mostraba impertinente, como si fuera otra persona, tenía una seguridad, una... Si no fuera por el brazo roto, le recordaría a la Cledy del Patronato, volvía a sonreír y si algo no aguantaba la Sra. Perigorde era la sonrisa de Cledy, de hembra triunfadora.

—¿Qué te pasa, mamá? —decía Horacio, inquieto y culpable, porque sabía bien que después de cierta edad, todo lo que pasa a los padres, recae sobre los hijos, culpa o no culpa.

—Papá. Pienso en papá —confesaba la Sra. Perigorde, satisfecha de ver empalidecer a Horacio.

—Sí, está muy viejo —reconocía Horacio, y buscaba la juventud de Cledy, que cosía un vestido para Alicia con restos de tela (sin demasiada habilidad, pero Alicia no se daría cuenta, se pondría el mamarracho impresionada por los colores distintos) y que levantaba los ojos, alentándolo.

Esto colmaba la paciencia de la Sra. Perigorde. —Me voy— se decidía, y ella misma se clavaba el puñal en el pecho: —Váyanse a dormir.

Ninguno de los dos se oponía, así que se veía obligada a marcharse, completamente derrotada.

Horacio la acompañaba hasta la puerta, con una solicitud fingida, sin siquiera pasarle el brazo afectuoso sobre los hombros.

—Hasta mañana, mamá —se despedía con sueño, porque se levantaba temprano para ir a trabajar.

La puerta se cerraba tras de ella, que quedaba sola en la calle y emprendía el camino de retorno hacia la caducidad que la esperaba, envuelta en la desolación.

Se tendía junto al Sr. Perigorde, aunque sobraban las camas, porque no soportaba la soledad, y por lo menos, así tenía al lado un montón de huesos armados en esqueleto, un sexo, aunque fuera fláccido, pelos blancos, gemidos y ronqueras.

Horacio cerraba la puerta de calle, desechando los tristes pensamientos que le provocaban la confesión de la madre, no por egoísmo, pero uno tiene derecho a su cuota de felicidad en este mundo. Pequeña o grande, existe para todos y no se la puede dejar pasar, so pena de que la amargura nos devore. Se daba un respiro, sabía que debía tomar una deter-

minación y la tomaría. Él ya había sido feliz,
pero se daba un respiro. Vigilaba las llaves
del gas, iba al baño, se desnudaba en silencio
y se acostaba al lado de Cledy, dormida. Le
hacía cosquillas en las mejillas con las yemas
de los dedos y con su propia mejilla, y Cledy
se despertaba, salía del sueño con tanto sobresalto que lanzaba un grito tremendo, tan desproporcionado al motivo de su despertar que
Horacio la abrazaba, riendo, y entre risas, besaba la boca de Cledy que respondía al beso
con una especie de gratitud.

Dormir juntos
significa
hacer el amor
la misma historia
de dicha compartida
Y después
entrar en el sueño
los dos
Tiernamente
se pegan los pies a los pies
dulcemente
una cara
aspira unos cabellos
Y después
cuando uno de los dos
se aleja
en la pesadilla
el otro
a tientas
tiende la mano

y devuelve al errante
al cuenco del sueño
¿Dónde vas? dice la mano
tiernamente
No por ese camino
donde la soledad habla
y el miedo
y la pena
sino por éste
a esta tierra compartida
de cuerpo y cuerpo
a esta cama de deseos y de sueños
Dormir juntos
significa el amor
y sobre todo
la mano que nos devuelve
a la tierra
El cuerpo que nos eligió
alguna vez
en el amor
y que nos sigue
más allá
del amor
donde la voz no suena
Y por amor
el que se perdió en la pesadilla
vuelve a soñar con niños
y crea la alegría
Vuelve a aspirar el cuerpo ajeno
para crear los sueños cotidianos
y despertar más tarde
y hacerlos vivir
apenas modificados
por los ojos abiertos.

¡QUÉ INSÓLITO!

Cledy conoció una larga época de felicidad, así que lo que pasó más tarde no la encontró preparada. Eso es lo malo de un estado de beatitud. Demasiado bienestar debilita y Cledy no fue una excepción a lo que demuestra la experiencia. Una vida sin riesgos nos hace tropezar y comernos la primera piedra. En sus épocas menos venturosas, desdichada sólo en apariencia, sólo en apariencia, cuando el Sr. Perigorde la había atado a los pies de la cama y roto el brazo, definitivamente inútil, Cledy hubiera podido atesorar más experiencia. Pero no. Completamente desguarnecida.

Horacio, extrañamente, pero no extrañamente, las confesiones diarias de la Sra. Perigorde habían minado sus defensas, agudizado su sentido de la responsabilidad, los padres envejecían, ¿qué es lo que podía ocurrirles ahora, solos los dos, aislados de noche entre cuatro paredes?, había sugerido con una timidez conmovedora, porque no le gustaba forzar a nadie:

—Cledy, ¿les proponemos que vengan a vivir acá? —y había ido a hacer efectivo el ofrecimiento, aunque Cledy se había negado, con la vieja angustia petrificándole el corazón.

—¡Qué egoísta! —comentó Horacio, verdaderamente decepcionado.

Cledy acomodó su brazo inerte, que aún le dolía de tanto en tanto, y fue al cuarto de los chicos. Alicia no crecía y esto la preocupaba. Es así, ahí tenía la invariabilidad absoluta y no se conformaba. Los médicos hablaban de una deficiencia de glándulas y proponían remedios. Pero los diagnósticos quizás no eran acertados. Alicia se empeñaba en no crecer, aunque esto hubiera sido una ganga en un mundo tan podrido, y tartamudeaba tanto que permanecía en silencio para no tomarse el trabajo de descuartizar las sílabas. Cledy quería al bebé, pero Alicia la acongojaba mucho.

Encendió la luz, dormían profundamente por lo común, en esto parecidos al Sr. Perigorde, y la luz no los despertaba. ¡Ah, si la vida hubiera preparado a Cledy para lo que debían ver sus ojos! Si en el fluir reiterado de los días la hubieran espantado con pequeños hechos, mínimos accidentes sembrados a su alrededor con compasiva dureza, con amorosa crueldad, para inmunizarla como con un veneno ingerido gradualmente, el impacto no hubiera resultado tan desmesurado. Increíble como es siempre el primer enfrentamiento con la desgracia.

Estaban muertos, los dos. El hecho era bastante insólito, pero se había producido.

—Chicos —balbuceó.

Podía haber pensado: yo estaba aquí, feliz o tranquila, y quién me mandó esto, con qué impunidad desastrosa me arrojan a la pena, a mí, inocente o culpable de muchas cosas, pero siempre inocente en el padecimiento.

Cledy miraba y no daba crédito a sus ojos, pero lo irreparable vence sin esfuerzo el más crudo escepticismo. Cuántas veces decimos ¡no es posible!, y un mazazo en la cabeza nos anonada sin importarle un cuerno de nuestras convicciones íntimas y más profundas.

Cayó sobre sus rodillas, que se machucaron sobre el piso. El ruido sordo no inmutó a los chicos, que siguieron quietos, inmóviles. La luz no los despertaba, pero en esta ocasión pasaron la medida.

—Chicos —repitió Cledy, con una voz que no le pertenecía, vieja y rasposa.

No estaban sobre las camas sino sobre la mesa donde hacían los deberes, Arturo se empeñaba, con una rapidez que hablaba de su inteligencia, Alicia, en realidad, con menos aptitud, se limitaba a garabatear hojas. Cledy las observaba después, escrupulosamente, tratando de descubrir un rastro coherente en ese entrecruzado de líneas, trazadas con tanto ímpetu que a veces perforaban el papel.

Alguien les había cortado las orejas, que encontró más tarde, en un cajón, secas, en dos sobrecitos de plástico para protegerlas de las moscas. Tenían la piel blanca, el bebé los ojos cerrados, Alicia, siempre maniobrando a destiempo, muy abiertos, fijos en el techo. Estaban desnudos bajo las sábanas, y Cledy alzó un extremo y miró. Hubiera podido tener un motivo para alegrarse en lo que respecta a Alicia, pero no lo aprovechó. Los cuerpos frágiles se transformaban velozmente, sin tiempo ante la eternidad. Debajo del vientre, crecía el sexo.

POR FIN, EL DESAHOGO

Toda angustia que devora al ser que la soporta, es estéril. Si después de la muerte de sus padres, los primeros, Cledy no hubiera sido conducida al Patronato, si su belleza adolescente no le hubiera proporcionado las atenciones de todo el mundo, desde la Sra. Davies y el Sr. Thompson hasta su compañera de cuarto, si en seguida, del estado núbil o casi núbil, no hubiera pasado al de recién casada feliz, y la maternidad, y etc., todas las compensaciones, la angustia no la hubiera devorado. Pero, claro, si mi tía fuera alargada, verde y con cuatro ruedas, sería un ómnibus.

Así que se quedó al lado de los chicos, casi sin entendimiento de tanta pena, sin atinar a algo eficiente, como buscar a un médico o contratar un servicio fúnebre.

Cuando Horacio llegó con sus padres a la mañana siguiente, valijas y los muebles de sus padres en un camión, se lo reprochó firmemente, pero con un tono exento de todo rencor.

—¿No hay un poco de café? —dijo, poniendo la mano sobre el metal frío de la cocina.

No quiso apenarla con una escena, cruel en esas circunstancias. Siempre los otros contaban mucho para él. En esto, pensaba la Sra. Perigorde, había salido al padre, los otros primero, y tantas consideraciones, tanto anularse en beneficio de los semejantes, ¿sirve de algo?

Horacio preparó el desayuno ante la tácita censura de la Sra. Perigorde, quien accedió, después de muchos ruegos, a sentarse frente a la mesa de la cocina. Dirigió una mirada reprobadora por los rincones, la tierra se amontonaba, las tazas no lucían el aspecto impoluto que debían tener. Con disimulo, la Sra. Perigorde pasó la servilleta por los bordes y luego acercó el café con leche a su boca, no porque sintiera voluntad, sino por no aumentar el clima de desazón que creaba Cledy, que no los había saludado, no había pronunciado una palabra de alegría en el reencuentro. ¿Es que la gente, pensaba la Sra. Perigorde, era tan dura que le costaba tanto una palabra? ¿Y qué era una palabra? Se la llevaba el viento, no ocupaba lugar. Decimos blanco, y en seguida, negro, y una palabra borra la otra. Qué le hubiera costado a Cledy exclamar jocosamente ¡Papá!, y en seguida pensar, viejo roñoso, pero es así, la gente mezquina lo que no tiene valor, es avara con lo que carece absolutamente de importancia. Por un instante, estuvo tentada de decir: —¿No somos bienvenidos? Nos vamos.

Pero Horacio había insistido tanto, le pesaba tanto, a ella, la soledad. El Sr. Perigorde era un desecho, el deterioro, la incapacidad física y mental. Abrazada a Horacio, había dirigido una mirada de adiós a la casa vacía que tantos recuerdos encerraba. Había que ser insensible para no sentirse destrozada por esto que era la vida, el pasar, el pasar sin interrupción, atrás las alegrías, la juventud pasada con el Sr. Perigorde, haciendo proyectos, ¿para qué? Terminar en una casa ajena. Y sin embargo, en la casa ajena, estaba Horacio, el hijo, un hombro para llorar, separar en dos el dolor y compartirlo.

Horacio fue con una taza de café al dormitorio de los chicos y regresó con un gesto desolado. Cledy no lo había querido, ni siquiera el mínimo gesto de aceptación o rechazo.

—Ay, Horacio. Ay, Horacio —repitió la Sra. Perigorde, acariciándole los cabellos, maternal y dolida. ¿Para qué gastarse?

Cledy retornaba a la impavidez. Se durmió y soñó que miraba por la ventana. Había chicos jugando en la calle. En el sueño, olvidó que Alicia y el bebé estaban muertos, y los buscó ansiosamente. Y de pronto, un montón de gente rodeaba a los chicos y los arrinconaba contra una pared. La pared era alta, sin término, con el revoque descascarado dejando ver la laboriosa armadura de ladrillos. Los chicos no se asustaban, no conocían el mundo de los adultos, terremoto y tierra firme al mismo tiempo, muerte y origen. Confiaban. Y la gente mataba a los chicos en una forma súbita y sin dolor, los chicos desaparecían rápidamente, como si fueran invisibles.

La gente rodeó a un hombre, los rezagados corrieron y todos se apretaron a su alrededor, un aire límpido de fiesta, risas y palabras cómplices, sin sonido, dentro de la piedad del sueño. Se produjo un claro y Cledy vio cómo hundían en las piernas del hombre, desnudo ahora, clavos de diez centímetros, con las puntas romas, oxidadas. El Sr. y la Sra. Perigorde, también sus padres, los primeros, los muertos sobre la calle por un auto que no vieron ni los vio, se apartaron del grupo hacia la casa, parecían felices y conversaban, como si comentaran una película.

Cuando despertó, los niños ya no estaban sobre la mesa. Horacio se había sentado en la cocina, el rostro apoyado entre las manos, ajeno, como dormido. La Sra. Perigorde, agotada por la mudanza, la frialdad del recibimiento, descansaba en el dormitorio. El Sr. Perigorde, sentado en la cama de los niños, se había sacado los zapatos, y la observaba con una mirada comprensiva. En el apuro de la mudanza, resuelta tan intempestivamente, se había olvidado la vara y se sentía como amputado.

Tendió la mano hacia ella y le rozó los senos, en un gesto sin sensualidad. Estaba cansado. La atrajo hacia él.

—¿Cómo te va, Cledy? Hace calor —dijo, no porque le importara sino por quebrar el silencio, el tono tan apesadumbrado que Cledy inclinó la cabeza sobre sus rodillas, él le acariciaba los cabellos con su mano huesuda, escamosa, y pudo llorar por fin, por primera vez sin miedo ante el Sr. Perigorde que odiaba las lágrimas como la peste.

MUY BREVE,
PERO IGUALMENTE INSÓLITO

Cledy había ido a comprar pan. Las obligaciones cotidianas, la máquina que no cesa, son el consuelo más eficaz para toda catástrofe, para toda penuria. En el barrio la trataban con respeto compasivo, un poco distante, sin embargo, porque el motivo de la muerte de los chicos se ignoraba. Nadie quería compromisos. Y era comprensible. Sólo algunos inconscientes, por lo general muchachos, cuando moría alguien, inexplicablemente, de un síncope en la comisaría, o muchos, acribillados a balazos en una fuga, hacían manifestaciones en la calle, alborotaban hasta que les rompían los huesos. ¿Y no era lógico, en cierta forma? ¿Qué justificación hay para el escándalo? Pretextos para el caos, a río revuelto, ganancia de pescadores. Los tiempos habían cambiado. La muerte ya no otorgaba a nadie certificado de santidad. Así, que los vecinos saludaban a Cledy, pero no le daban pelota.

Cledy pensó al principio que se había equivocado de casa. El de la chapa estaba sentado a la mesa, leyendo el diario. Levantó la cabeza y le sonrió.

—¿Trajiste el pan? —dijo, familiarmente.

Voces infantiles salían del cuarto de los

chicos. Risas. Corrió. Un niño, muy serio, estaba sentado en el suelo, jugaba empujando un montón de autos, algunos nuevos, brillantes, otros bastante deteriorados, que habían pertenecido al bebé. Los autos chocaban y se amontonaban en torre. La nena sostenía en brazos la muñeca de Cledy, con un solo ojo, desnuda, salvo el delantal escocés, a cuadros blancos y azules. Nunca se la había prestado a Alicia, protegiendo su infancia, o apenas su recuerdo, para que no acabara de destrozarla. La nena le había sacado el otro ojo, un botón negro, y lo hacía saltar sobre la palma.

—Hola, mamá —dijo, con voz sin entonación.

—¡Cledy! —creyó escuchar la voz de Horacio, llamándola, con el modo cariñoso y jovial de los primeros tiempos. Quizás había soñado todo y la clemencia hablaría por fin, justa y misericordiosa como la curación de un niño.

El hombre comía un pedazo de pan y le preguntó si estaba lista la comida.

—Tengo hambre —dijo, desperezándose, muy alto y fuerte, no parecía malo. Cledy lo reconoció, no de la fiesta, cuando se había llevado a Alicia, sino de su sueño, de la calle.

—¿Horacio? —dijo, y el otro la miró sin comprender, interrogativo. No tenía buena vista para las caras, las olvidaba fácilmente. De haberlo sabido, Cledy se hubiera tranquilizado un poco.

El hombre miró a su alrededor y dijo, pensativo, señalando la pared:

—Voy a hacer un placard ahí, ¿qué te parece?

Si se sintió desilusionado por la falta de respuesta, no lo demostró. Sonrió inseguro, tratando de agradar a quien evidentemente quería. Se quitó el saco y se quedó en camisa, arremangándose por encima del codo. Cledy observó sus brazos musculosos, muy blancos bajo el vello espeso, como si nunca hubieran conocido el sol, ni siquiera la sombra de un día soleado. Cledy ignoraba que era eso, el sol, el aire libre, la gran añoranza del hombre, sumergido en un trabajo que le provocaba aburrimiento, fastidio, un amago de claustrofobia. El hombre ahogó el recuerdo de una habitación cerrada, de otro hombre desnudo aguantando un ritual antiguo, inflexible desde que el mundo es mundo y que estaba ahí, precisamente, por negarse a aceptarlo.

El hombre acentuó su sonrisa insegura y rozó con su mano la mejilla de Cledy, que retrocedió unos pasos. La mano era blanda, sin callos, como sin peso.

Los chicos habían salido a la calle y gritaban con sus frías voces alborozadas:

—¡Abuelitos! ¡Abuelitos!

Cledy no se volvió para mirar. Supo que tenía otra casa, otro marido, y que estaba viviendo entre otra gente, condenada a vivir entre esa gente, condenada a vivir entre esa gente.

—¡Abuelitos! —dijeron los niños y Cledy oyó dos voces cascadas, muy risueñas, contestando al grito jubiloso. Los chicos no se esperaban la visita.

—¿Qué pasa? —dijo el hombre y meneó la cabeza, con una reprobación complacida, cuando los vio aparecer con dos juguetes nuevos.

—¡Otro autito, mamá! —dijo el chico, con su voz tan seca, que sin embargo, trasuntaba alegría.

—Y a vos, ¿qué te trajeron? —dijo el hombre.

La nena permanecía más atrás y al ser interrogada, se adelantó, mostrándose.

—¡Ah, qué bien! —dijo el hombre, afectuoso, exagerando la admiración.

Tendió la mano, pero la nena retrocedió, negando varias veces con la cabeza, desconfiada.

Sostenía dos muñecas en los brazos, la recién recibida y la de la infancia de Cledy. Apretó más a ésta contra su pecho y miró a Cledy con una especie de desafío inocente.

—Son mías —dijo.

—La vida asfixia, pero no mata —dijo el hombre, acariciándose una barba invisible. Y era bondadoso, porque le preguntó a Cledy, con una sonrisa tímida, un poco embarazada por haberse atrevido a pensar en alta voz:

—¿No estás de acuerdo? —y flexionó las rodillas, altísimo como era, para besar a sus padres que esperaban, pacientes, deseosos de saludar a la nuera y pasar un buen rato en familia.

POR SUERTE, ESTO SE ACABA

¿Por qué condenada?, hubiera podido preguntarse Cledy más tarde. Los hechos no cambian, pero una apreciación optimista de los hechos, ayuda mucho. Ese sobrevuelo sobre las propias miserias. No acertaba una, condenada a vivir entre esa gente, había pensado, y también en esto se equivocó. Había entrado con el pie izquierdo en el mundo, puede decirse.

Su marido volvió una noche con acentuado malhumor, había trabajado intensamente en una habitación cerrada. Sus pulmones estaban ávidos siempre de aire fresco, de oxígeno, acribillados por la nicotina, por el humo de veinte años de cigarrillos. El mismo envejecía y le costaba adaptarse a métodos nuevos. Todo el mundo se psicoanalizaba, de tanto indagar en la mente humana, en los porqués y cómos, los otros se ponían como libros abiertos donde, por lo común, no se podía leer mucho, es cierto.

El día de trabajo lo había fastidiado enormemente, así que era explicable que esa noche hubiera vuelto al hogar con un humor de perros y que Cledy, el ser más próximo, la hubiera ligado. Es muy fácil para una mujer permanecer en casa, nunca afectada por otro contratiempo que los comunes de la cotidianeidad, la cría de los hijos, la atención de la casa. Claro que comprendía sobradamente que Cledy no era culpable de que él tuviera que yugarla afuera, aunque había otras, más modernas, más dotadas de aptitudes, que colaboraban con el marido, pero así la había elegido, la venda o ceguera del amor. Conformarse, pues, y yugar, pero no siempre podía vencer su irritación. Sus remordimientos no hacían más que aumentarla, se encolerizaba fuera de toda medida o en la justa medida de su frustración. Pero cólera y frustración no interferían sus deberes hacia Cledy: le entregaba todo el sueldo, era puntual en las comidas, la cubría regularmente. Hacía el amor vestido, con urgencia, en cualquier lado, no porque fuera particularmente sensual sino porque siempre había cumplido sus obligaciones a conciencia y veía bien que Cledy esperaba, con ansias inconmensurables, ser satisfecha cada día. Con la vulgaridad de una mujer sin horizontes se aferraba a un hábito placentero sin cuestionarse la disposición o el gusto de la otra parte.

—No te desnudés —le decía él, bajándose los pantalones mientras ella se arrinconaba contra la pared, tensa y boqueando como una gata.

Los chicos miraban, pero perdían pronto el interés. Se iban a jugar, no simpatizaban con Cledy y verla gozar les arruinaba el día. Él nunca la había visto desnuda, ni en la noche de recién casados había experimentado la menor curiosidad. ¿Para qué? Sabía cómo era, ya a través de las ropas. Si al menos hubiera vislumbrado un triple bulto de senos, pero inútil soñar. ¿Es que él tenía que ser siempre el que conformara a todos? Sentía una gran compasión hacia sí mismo, como la Sra. Davies en las horas del atardecer deseaba otro destino.

Hubiera debido trabajar en el campo en lugar de enredarse con la psicología. Se sentía capaz de trabajar de sol a sol, azuzando los caballos del arado, arrojando la simiente con la mano abierta, sus músculos no permanecerían ociosos bajo la piel. Y después imaginaba el regreso de los campos, la mesa tendida a la luz de las velas o del quinqué, Cledy, o no era Cledy, una mujer gorda y maternal, muchos chicos, aguardándolo. Pero imposible cambiar a esta altura, la vida le había hecho una trampa: enamorarse, casarse joven, los niños y el sentido de la responsabilidad. Imposible otra elección. ¡Qué inocente había sido! Yugarla en el ritual tedioso del trabajo, de un oficio desempeñado por un cúmulo de circunstancias, la inclinación o indiferencia hacia una labor que no le resultaba particularmente molesta, particularmente agradable, y la necesidad de ganarse el pan de una manera reconocida como honesta.

Se iban en preparativos, y esto era lo que atenaceaba su impaciencia. Siempre había sido hombre de acción, acción no cumplida, acción no satisfecha, el campo, etc., pero acción al fin. Entre gesto y gesto se deslizaba el tiempo pesadamente. Por eso de la psicología se necesitaban grandes zonas de ocio. Podía fumarse medio paquete de cigarrillos en el aire viciado, no conseguía distraerse con su pasado porque era muy simple, el futuro con pocas perspectivas. Sólo añoraba el aire puro.

No obstante, él había intentado al principio, cuando la sorpresa y la novedad en el trabajo permitían esas expansiones, alguna impremeditada compensación para el aburrimiento futuro. Había una silla con un agujero en el centro, construida cuidadosamente por un carpintero del que resultaba difícil precisar el rostro, los gestos con la sierra y el cepillo, las necesidades o preferencias que lo habían llevado al curioso trabajo, la negación de la silla. Pero servía, las nalgas se apoyaban justamente en la madera con su reborde carnoso y el resto en el vacío, el sexo ajeno apuntaba sin finalidad, por gravedad simplemente, hacia el piso de baldosas. Él había probado la silla para otro uso, con la aquiescencia artera de los otros que lo tomaban como cobayo, y había buscado, a modo de soporte, a modo de compensación para el aburrimiento futuro, un canal oscuro y habitualmente voluptuoso, demasiado seco y poco complaciente en la ocasión, pero había sido frustrante, nada cómodo.

Ahora, con un poco de malhumor, se había resignado a la falta de horizontes. Solía ponerse en cuclillas, mirando los sexos, semejantes o extraños, con curiosa atención, como si su propio sexo no le fuera suficientemente familiar. Con una sombra de desaliento, siempre comprobaba lo mismo: aún en los más valientes, el sexo desmentía la heroicidad, un colgajo inútil, escuálido, como sin sangre, no obstante su color morado, el pasaje del velo negro del pubis, la blancura desvalida del vientre.

Sobre los hombros desnudos calzaban dos almohadillas con arena y golpeaban con dos palos, como sobre el parche de un tambor. El aire se enrarecía, alguien, ocasionalmente, abría la puerta y volvía a cerrarla, sin necesidad de protegerse, no obstante el gesto, de una visión inconveniente. Se sentía ridículo porque ése era el trabajo limitado y paciente, aparte alguna broma inocente, puramente verbal.

Le tiraban los palos por el aire con un guiño cómplice, una sonrisa risueña y silenciosa. Los recogía con velocidad y precisión de malabarista y golpeaba muy serio, apretando los labios de disgusto, tosiendo esporádicamente con su tos de fumador. Podía haberse conformado, antes, mirando el sexo ajeno, como Horacio, mirando a sus hijos, y decir: recupero mi infancia, las mediciones efectuadas en la soledad de los potreros o en la vigilada de los zaguanes, mediciones que satisfacían o acomplejaban sobre el tamaño de la virilidad, pero no lo conseguía, no lo intentaba siquiera. Golpeaba y pensaba en bueyes perdidos.

Los músculos del otro estaban tensos y duros bajo la piel, los ojos golpeaban como moscones contra los párpados vendados. Trabajo infecto, de puro aburrido nomás. Cuando le sacaban la venda y le sonreían, los rostros amables, apenas con una crispación de interés o sadismo, el otro, sentado, no podía creerlo, se distendía en tal forma, empapado en sudor, que un reguero de caca oscura y líquida le brotaba del culo. Siempre la realidad es más espesa y maloliente que el peor de los sueños.

No había tenido que limpiar, eso era lo único bueno, pero la sensación de disgusto persistía. Así, volvió a la casa deseando encontrar paz, lo cotidiano ajustado aceitadamente sobre los rieles, y la comida no estaba lista.

Cledy se encontraba en el cuarto de los niños, los miraba, apoyada contra la puerta, tratando de descubrir alguna pista. De vez en cuando, lanzaba al aire los nombres de Alicia y del bebé, y esperaba. ¿Qué? Imposible saberlo. Los niños no le llevaban el apunte.

—¡Cledy! —llamó el marido, y Cledy tardó bastante en moverse. Olió a quemado e inició un movimiento, angustiada.

¡Ah, era demasiado!, pensó el marido, sintiendo que el mundo se le venía encima. Otros podían ser peores que él, que por otra parte, siempre había sido un pan de Dios. Es la diferencia de poder lo que cuenta, los pequeños traicionan y agravian más que los grandes, de los que ya se espera, en cierta forma, la traición y el agravio. Sacó el revólver y disparó ciega, irreflexivamente, pero con buena puntería.

Los niños acudieron y observaron, curiosos. Cledy había caído, los pies bajo los muslos, cabellos extendidos, el brazo inútil contra el cuerpo, sin cambio, en una postura modesta, agradable.

—¡Se murió la estúpida! ¡Se murió la estúpida! —gritaron los niños, festejando alborozados.

El marido, o padre, o viudo, les ordenó callar. Fue hasta la puerta de entrada y miró. Hacía frío y no se veía un alma en la calle. Los vecinos, al escuchar el disparo, habían apagado todas las luces y se habían sumido instantáneamente en un sueño reparador.

Al rato cayó la patrulla, silenciada la sirena del coche porque los vecinos reposaban. Los rostros de todos estaban muy serios, preocupados. Contemplaron a Cledy lúgubremente, sumándose a la consternación del marido, compañero de riesgos y de luchas, por eso el pesar adquiriría otras proporciones. ¡Si al menos hubiera sido un caso común de servicio! Era mejor arriesgar el pellejo en la calle que enfrentar semejante desgracia en ese cuarto, en esa casa. El trance los superaba, era como una burla del destino.

Abrazaron a los niños, que comenzaron a llorar. No hubo modo de distraerlos con buenas palabras, con bromas, con la promesa de ir al cine. Los llevaron al dormitorio y permitieron que el padre los acostara. Los niños se mostraron torpes, enredándose con las ropas.

—No son espectáculos para chicos —dijo

uno, con cierto reproche que el padre aceptó sumisamente. No lo había pensado.

—Duerman —dijo. Y les dejó la luz encendida para que no se asustaran.

Volvieron al comedor, caminando en puntas de pie, en fila india. En seguida, del cuarto de los chicos, partió un gran escándalo y todos respiraron con un poco de distensión. Uno de ellos, incluso, se permitió sonreír fugazmente, sosegado ante la rápida recuperación de la infancia, donde la muerte entra, pero no permanece. Se inclinó y recogió un mechón del cabello de Cledy, todavía sedoso, aunque nunca había prestado al cabello los cuidados que merecía. Lo acarició un momento, intentó olerlo, pero tenía olor a mugre, y se lo pasó por la cara, suavemente. Luego lo dejó caer y acomodó las matas de pelo, apretándolas con ambas manos alrededor de la cabeza exánime. El gesto no careció de ternura, por suerte, era bastante compasivo.

—¿Qué pasó? —preguntó, incorporándose.

El marido no quiso acusar a nadie. Abrió los brazos con un ademán de incomprensión desolada. Barajaron unos nombres al azar, para guiarlo en el intrincado camino de las pistas, proporcionaron datos, costumbres y particularidades sobre ladrones fichados, asesinos, extremistas que cumplían su condena o que no la cumplían. El marido vacilaba, le parecía éste o aquél, pero el dedo acusador le colgaba flojo, irresoluto.

Uno le tenía tirria al carnicero de su barrio y quería aprovechar la oportunidad y endilgarle el muerto (o la muerta). Pero ahí fallaba un poco la lógica porque el carnicero se había ido de vacaciones a Mar del Plata.

—¿Qué importa? —dijo, tenía la sangre en el ojo, porque el carnicero pretendía cobrarle la carne, pero era un subordinado, no con las agallas de la Sra. Davies, y tuvo que callar.

—¿Qué prefiere? —preguntaron al marido, con deferencia hacia su desgracia.

Y como el hombre, entontecido por la pena, no se decidía, eligieron extremistas, lo más acertado, al fin de cuentas, porque así estaban seguros de no cometer injusticia alguna contra nadie.

Alguien se inclinó y estiró las patas de Cledy, pegando la izquierda con la derecha. La ilustre difunta, por fin yace con las piernas juntas, pensó, recordando un versito que corría por ahí. Sabían que no respetaban nada, padre, madre, familia, sociedad o ley, pero la constatación era penosa. Traían armas viejas, en desuso, y las bajaron y volvieron a subirlas otra vez al patrullero, como prueba de sumario. La furia, el estupor, les encendió las caras. Para desahogarse, salieron y dispararon al aire. Un perro imprudente, que levantaba la pata contra un árbol, quedó seco ahí mismo.

Quisiéramos decir que sobre la tumba de Cledy, no la del perro, creció un manojo de flores, pero no sería exacto. No había lugar en el cementerio, sobre la tierra, y amontonaron su ataúd en el depósito, junto con otros muertos, pero afortunadamente en el extremo superior, así que, si hubiera podido levantar la cabeza, hubiera llegado a ver, a través de la abertura de la puerta, las cruces y el revoloteo de los pájaros en primavera. El depósito era feo de noche, con el techo tan próximo y el vago olor que se volvía intenso y penetrante. Cledy debía esperar allí, todavía, un buen entierro que quizás no llegaría nunca o quizás, posible o imposible como un mundo feliz, llegaría un día, con niños que cantaran y flores frescas.

No quiero demasiada vida
ni tampoco insuficiente
la necesaria apenas
para mi muerte
sobre la tierra.